副刊文丛

主编 李辉 王刘纯

嘉兴人与事

钟桂松 著

中原出版传媒集团
中原传媒股份公司
大象出版社
·郑州·

图书在版编目(CIP)数据

嘉兴人与事／钟桂松著.—郑州：大象出版社，2019.8
（副刊文丛／李辉，王刘纯主编）
ISBN 978-7-5711-0234-0

Ⅰ.①嘉… Ⅱ.①钟… Ⅲ.①随笔—作品集—中国—当代 Ⅳ.①I267.1

中国版本图书馆CIP数据核字(2019)第153840号

嘉兴人与事
JIAXING REN YU SHI

钟桂松 著

出 版 人	王刘纯
项目统筹	李光洁　成　艳
责任编辑	司　雯
责任校对	安德华
封面设计	段　旭
内文设计	杜晓燕

出版发行 大象出版社（郑州市郑东新区祥盛街27号　邮政编码450016）
　　　　　 发行科　0371-63863551　总编室　0371-65597936
网　　址　www.daxiang.cn
印　　刷　北京汇林印务有限公司
经　　销　各地新华书店经销
开　　本　787mm×1092mm　1/32
印　　张　7.625
字　　数　101千字
版　　次　2019年9月第1版　2019年9月第1次印刷
定　　价　39.00元
若发现印、装质量问题，影响阅读，请与承印厂联系调换。
印厂地址　北京市大兴区黄村镇南六环磁各庄立交桥南200米（中轴路东侧）
邮政编码　102600　　　　电话　010-61264834

"副刊文丛"总序

李 辉

设想编一套"副刊文丛"的念头由来已久。

中文报纸副刊历史可谓悠久,迄今已有百年。副刊为中文报纸的一大特色。自近代中国报纸诞生之后,几乎所有报纸都有不同类型、不同风格的副刊。在出版业尚不发达之际,精彩纷呈的副刊版面,几乎成为作者与读者之间最为便利的交流平台。百年间,副刊上发表过多少重要作品,培养过多少作家,若要认真统计,颇为不易。

"五四新文学"兴起,报纸副刊一时间成为重要作家与重要作品率先亮相的舞台,从鲁迅的小说《阿Q正传》、郭沫若的诗歌《女神》,到巴金的小说《家》等均是在北京、上海的报纸副刊上发表,从而产生广泛影响的。随着各类出版社雨后春笋般出现,杂志、书籍与报纸副刊渐次形成三足鼎立的局面,但是,不同区域或大小城市,都有不同类型的报纸副刊,因而形成不同层面的读者群,在与读者建立直接和广泛的联系方面,多年来报纸副刊一直占据优势。近些年,随着电视、网络等新兴媒体的崛起,报纸副刊的优势以及影响力开始减弱,长期以来副刊作为阵地培养作家的方式,也随之隐退,风光不再。

尽管如此,就报纸而言,副刊依旧具有稳定性,所刊文章更注重深度而非时效性。在新闻爆炸性滚动播出的当下,报纸的所谓新闻效应早已滞后,无法与昔日同日而语。在我看来，唯有副刊之类的版面，侧重于独家深度文章，侧重于作者不同角度的发现，才能与其他媒体相抗衡。或者说，只有副刊版面发表的不太注重新闻时效的文章，才足以让读者静下心，选择合适时间品茗细读，与之达到心领神会的交融。这或许才是一份报纸在新闻之外能够带给读者的最佳阅读体验。

1982年自复旦大学毕业，我进入报社，先是编辑《北京晚报》副刊《五色土》，后是编辑《人民日报》副刊《大地》，长达三十四年的光阴，几乎都是在编辑副刊。除了编辑副刊，我还在《中国青年报》《新民晚报》《南方周末》等的副刊上，开设了多年个人专栏。副刊与我，可谓不离不弃。编辑副刊三十余年，有幸与不少前辈文人交往，而他们中间的不少人，都曾编辑过副刊，如夏衍、沈从文、萧乾、刘北汜、吴祖光、郁风、柯灵、黄裳、袁鹰、姜德明等。在不同时期的这些前辈编辑那里，我感受着百年之间中国报纸副刊的斑斓景象与编辑情怀。

行将退休，编辑一套"副刊文丛"的想法愈加强烈。尽管面临新媒体的挑战，不少报纸副刊如今仍以其稳定性、原创性、丰富性等特点，坚守着文化品位和文化传承。一大批副刊编辑，不急不躁，沉着坚韧，以各自的才华和眼光，既编辑好不同精品专栏，又笔耕不辍，佳作迭出。鉴于此，我觉得有必要将中国各地报纸副刊的作品，以不同编辑方式予以整合，集中呈现，使纸媒副刊作品，在与新媒体的博弈中，以出版物的形式，留存历史，留存文化，便于日后人们借这套丛书领略中文报纸副刊（包括海外）曾经拥有过的丰富景象。

"副刊文丛"设想以两种类型出版，每年大约出版二十种。

第一类：精品栏目荟萃。约请各地中文报纸副刊，挑选精品专栏若干编选，涵盖文化、人物、历史、美术、收藏等领域。

第二类：个人作品精选。副刊编辑、在副刊开设个人专栏的作者，人才济济，各有专长，可从中挑选若干，编辑个人作品集。

初步计划先从20世纪80年代开始编选，然后，再往前延伸，直到"五四新文学"时期。如能坚持多年，相信能大致呈现中国报纸副刊的重要成果。

将这一想法与大象出版社社长王刘纯兄沟通，得到王兄的大力支持。如此大规模的一套"副刊文丛"，只有得到大象出版社各位同人的鼎力相助，构想才有一个落地的坚实平台。与大象出版社合作二十年，友情笃深，感谢历届社长和编辑们对我的支持，一直感觉自己仿佛早已是他们中间的一员。

在开始编选"副刊文丛"过程中，得到不少前辈与友人的支持。感谢王刘纯兄应允与我一起担任丛书主编，感谢袁鹰、姜德明两位副刊前辈同意出任"副刊文丛"的顾问，感谢姜德明先生为我编选的《副刊面面观》一书写序……

特别感谢所有来自海内外参与这套丛书的作者与朋友，没有你们的大力支持，构想不可能落地。

期待"副刊文丛"能够得到副刊编辑和读者的认可。期待更多朋友参与其中。期待"副刊文丛"能够坚持下去，真正成为一套文化积累的丛书，延续中文报纸副刊的历史脉络。

我们一起共同努力吧！

2016 年 7 月 10 日，写于北京酷热中

目　录

第一辑　水乡古今

漫步在茅盾同志故乡	3
年到乌镇	7
进乌镇	12
乌镇看杂技	15
乌镇水阁	18
重访茅盾故居	24
南北湖野趣	31
赵孟頫乌镇访诗友	34

第二辑　名人旧事

茅盾与黄慕兰　　　　　　　　　　39

锦心绣口，咳吐成珠　　　　　　　47

茅盾的两首怀乡词　　　　　　　　51

永远闪光的名字　　　　　　　　　55

茅盾与夏衍的电影情缘　　　　　　60

三十年后看茅盾　　　　　　　　　65

从茅盾托巴金买火车票说起　　　　71

那个最了解茅盾的人走了　　　　　74

一个作家的母亲　　　　　　　　　79

经历战火的《子夜》手稿　　　　　83

茅盾怎样炒冷饭　　　　　　　　　87

名人传记中的讳与不讳　　　　　　90

走进茅盾的儿童作品世界　　　　　94

想当然，也应想一想　　　　　　　102

想起了丰子恺教儿歌	107
百年之际溯童年	109
丰家给我感动的回忆	113
钱君匋和他的君匋艺术院	118
先生远去,瞬间永在	121
徐肖冰和他的《不能忘记他》	126
只付过12元学费的陆费逵	129
鲁迅《偶成》与嘉善	134
仿佛巴金还活着	137
张恨水的童年往事	142
"我的事业不传代"	146

第三辑 书海余墨

读书悟人生	153
买书咏叹调	156

历史就是历史 159

一本属于峻青的书 163

为迎接新世纪作准备 166

世事洞明皆学问 169

泼墨写名贤 173

当代文学史不该遗忘的小说《土地》 177

去饰求真 181

一片清凉世界 186

在矛盾旋涡中重塑 190

有种信念叫执着 193

仰视中外出版史上的大师 196

一本小书承载着一种伟大 203

融会贯通的精彩 210

桥联,水乡文化的一抹晚霞 216

后记 224

第一辑

水乡古今

漫步在茅盾同志故乡

在一个飘洒着潇潇雨丝的日子里,我漫步在现代文学巨匠茅盾同志的故乡——浙江省桐乡县的乌镇。

坐落在富饶的杭嘉湖平原的乌镇,是一个古老的水乡集镇,历史悠久,风景优美。可是这天,我们没有兴致观赏这水乡古镇的美景,而是怀着悼念之情,特地来瞻仰茅盾同志的故居的。

茅盾同志的故居,坐落在中市观前街,两进四开间的靠街楼,静静地沐浴着霏霏细雨。后面三间平屋,是茅盾同志在20世纪30年代亲手绘制图纸，使用《子夜》的稿酬修建的。粉碎"四人帮"之后，当地政府特意拨款进行了修缮，并作为乌镇文化站的阅览室，成了乌镇人民文化活动场所之一。阅览室内，文化站仿照茅盾生前居住时的摆设，用书橱把西间分隔成两半，以再现茅盾当年在这老屋灯下奋笔著书的情景。天井里，一棵茂盛的南天竹倔强地生长着。据说，这棵南天竹已有八九十年的历史了，是当年茅盾亲自培育的纪念物。屋边的棕榈树，忠实地守卫着茅盾居住过的老屋，葡萄藤仍然依偎在花架上，仿佛还在倚门等待着远行归来的主人！

"唐代银杏宛在，昭明书室依稀。"这是茅盾同志晚年写给故乡的一首《西江月》中的词句。我从茅盾同志故居走出，穿过熙熙攘攘的闹市，登上横跨河道的钢筋混凝土桥梁，远远望见了那棵粗大、苍葱的银杏树。这棵银杏树相传是唐代所栽，距今已有一千多年的历史了。银杏树迤南一箭之地，曾是梁朝昭明太子萧统读书的地方。据说，昭明太子少年时曾寄寓乌镇，在此读书，并师于当朝尚书沈约先生。因此，后人在此立一牌坊，上书"梁昭明太子同沈尚书读书处"。笔迹浑健有力，至今仍清晰可见。

雨过天晴，我轻轻地呼吸着乌镇外飘来的泥土香味，忆起了茅盾思乡的话语："漫长的岁月和迢迢千里的远隔，从未遮断我的乡思。"可敬的茅盾同志，对故乡是如此情深，特别是对解放后的老乡，更是无比眷恋。他在《可爱的故乡》中说："解放后，故乡日新月异，喜报频传。每当我从故乡来人的口中听到这些消息，总想回去看看！"这种思乡的怀念，直到茅盾同志弥留之时。

我又来到茅盾上小学的地方——乌镇高等小学的旧址。这所建于1907年的小学，现已在另地建校，如今正在这旧址上建造一座电影院。就在今年1月中旬，茅盾同志病情严重的日子，他还为家乡兴建的这座电影院书写了"乌镇电影院"五个清秀逸丽的大字，为故乡人民留下了不朽的墨宝，体现了茅盾同志对故乡人民的一片深情厚谊。

作家热爱自己的故乡，故乡的人民也热爱自己的作家。几十年来，乌镇学校的老师和学生的家长经常用茅盾同志童年刻苦学习的事迹教育下一代。茅盾同志也永远活在故乡人民的心中。

太阳从云层里透出一束红光，把这座古老的集镇照得分外明媚。我看到今日乌镇崭新的面貌，心想，茅盾同志有知，亦当感到欣慰吧！

（1981年6月19日《北京晚报》）

年到乌镇

进入腊月,江南水乡的气候已进入寒冬,乌镇四乡农村的收割已经完成,冬种也已结束,春耕尚未开始,整个儿水乡进入一年之中最为休闲的时节。所以进入腊月,暖暖的阳光轻轻地洒进乌镇的每条街巷,随之过年过节的气氛便渐渐浓烈起来。农民开始洗刷放在墙边一年之久的石臼及舂年糕的臼柱,新收的糯米刚刚从米厂运回,新糯米舂出来的年糕又糯又白又香。年糕还没有打完,家家户户又开始酿米酒,准备过春节时招待客人、款待亲人。于是，此时的乌镇四乡，空气中飘着酒香、米香。最忙的是镇上南货店的老板，乌镇是水乡，水乡没有山，一马平川，河流纵横，因此年货中如山核桃等山货很受百姓欢迎，连用山货做作料的桃片糕也合当地百姓的口味。本地的三珍斋、姑嫂饼更是必备的年货。随着春节的迫近，一派祥和、兴奋的气氛已经轻轻地笼罩在水乡乌镇。

以农历腊月廿三为起点，乌镇似乎已进入年中。按古镇风俗，这天是送灶日，家家户户用新酿的米酒、新春的年糕、糖果以及送灶圆子祭灶君，祭过之后从灶龛中请出已供奉一年之久的灶君马幛，送至大门外的自家场地上进行焚烧，送灶君上天去述职。传说灶君常驻寻常人家，能洞察众生善恶，所以送灶君上天时，人们都希望灶君"上天言好事，下界保平安"，特地在灶君的嘴上粘些饴糖，这样开口就甜。廿三这一天，家家都要烧糯米饭，开锅第一碗盛好后先放在灶君面前，这既是孝敬也有让灶君粘住嘴巴的意思。为了欢送灶君上天，还用常青树如松柏的枝叶搭一个常青棚，用三根竹竿撑着，十分牢固，一直放到大年初一清晨。

随后的几天，乌镇的乡村和镇上都开始大扫除，江南老屋厅堂比较高大，用竹竿竹叶扎成丈余高的大扫帚进行清扫；门窗、桌椅凳及厨房所有边边角角都打扫干净，连天井也被清扫一空。村里开始杀猪宰羊，引得小孩们整天乐颠颠地满街满村跑。忙碌和兴奋将过年的氛围渐渐推向顶点。

除夕前夜又称小年夜，这一夜是要拜年利市的，每家每户都备置了丰盛酒菜，焚香点烛，供奉利市马幛，供品中除了干果糕点还须有：猪头一个，但不叫猪头叫"利市头"；全鸡一只；活鲤鱼两条。祭品上都用四方形小红纸贴着，以取年年有余和喜庆之意。第二天，即除夕夜，家家举宴，先祭拜列祖列宗，焚烧纸钱；八仙桌上两侧是几十副酒盅和几十双竹筷，点上香烛，然后家中男性逐个跪拜。酒过三巡，将祭品收起，重新烧菜温酒，长幼老少开始上桌团聚，俗称吃年夜饭。席间小辈向长辈敬酒，吃罢年夜饭，长辈给小辈分压岁钱。然后家人聚在一起喝茶聊天，一起守岁，待到子时，即零时，爆竹声此起彼伏，迎接新年。此时重新摆起供桌，点起香烛，置备新灶君马幛，祭祀后送入灶龛供奉，谓之接灶。而此时已是大年初一，晨曦初露，善男信女早已结伴去附近寺庙烧头香，祈福祈平安，祈求国泰民安。

正月初一称年初一，乌镇风俗是清晨起来吃糯米圆子，里面是豆沙，又糯又甜又清口。小孩着新衣，穿新鞋，床头放着"寸金糖"，取称心如意、甜甜蜜蜜之意。头天晚上睡得早没有取到压岁钱的孩子，长辈给的压岁钱已在枕头底下。长辈们怕小孩子年初一见人说话口无遮拦，常常趁小孩穿衣时，用一张草纸先在小孩嘴上抹一下，说是草纸抹过后小孩子年初一说话就不作数了。

乌镇过年从初一开始到初十乃至正月半，都是走亲拜友的日子。年初一至年初三小辈给长辈拜年，新女婿携妻子去拜见岳父母等；外甥给舅舅姑父姑妈拜年，给外公外婆拜年。然后是平辈互相拜年。再后面，规矩就不大讲究了。旧时有"拜年拜到正月半，烂溏鸡屎炒青菜"的说法，意思是拜到后来只能炒青菜招待客人了。年初四晚上，乌镇有迎财神会，店铺有吃财神酒、接五路财神等风俗，其实包含了店主犒劳慰问店员的意思。年初五，镇上商店一律照常开门营业，春节毕竟是小镇商机最浓、生意最好的时节。

斗转星移，时光流逝，新世纪的乌镇在保留许多民俗的同时也创新了许多风俗：因为近年古镇游人如织，春节里商店不放假，生意不放松。初一至初三，老板让员工轮休，外地员工回家团聚，本地员工紧一紧加个班，甚至老板自己也充当一回服务员！初四员工到齐，晚上财神酒改为见面酒，新老员工举杯欢饮。更喜庆热闹的是修贞观的戏台上，上午下午都有本地的花鼓戏演出。皮影戏也是乌镇传统民间艺术世代相传的老故事和演员原汁原味的演唱，让人真切地感受着古镇特有的魅力。

（2006年1月23日《人民日报》海外版）

进乌镇

小时候在农村,最大的快乐莫过于农忙之后的假期,跟着大人们摇着船,载着丰收后的喜悦和农忙的疲劳,沿着弯弯曲曲的河道去乌镇。

太阳还没有露出半张脸,村里的人们早早起床,打点东西,听到哨子声——集合的号令,大人们拿着南瓜或两捆精致的硬柴,趁队里有船去乌镇,一起带到镇里去卖。不少人家让小孩子同去乌镇玩。这一天,对孩子来说,好像又是一个年初一。一大早起床,穿上土布衣,然后家里长辈走过来,叮嘱再三,并掏出一元钱或五角钱,让孩子进乌镇去用。太阳刚刚升起,广播电台的《东方红》乐曲开始在水乡大地回响时,船已离开村坊,朝乌镇方向摇去。

乌镇的乡脚很远,邻近江苏省,方圆近百里的农村,恐怕都有去乌镇的习惯。乌镇是个典型的水乡集镇,临河的房子,在船上看过去,一半造在水里,一半搁在岸上,而且大部分房子是木结构二层,若在清晨或黄昏,隐隐约约,朦朦胧胧,像一幅水墨画。乌镇是个大镇,它有东南西北栅,周围农村来的人,是哪个方向来的,一般就习惯在哪个栅头上停泊。我们是从南栅外去乌镇的,所以停在乌镇南栅的浮澜桥堍的朝南埭。朝南埭那时是个街名,一色的石护岸,整整齐齐,还有遮阳遮雨的凉棚,乡下来的船,停在那里,如果遇上阵雨,就可以上岸躲雨。

船拢岸时,我们的兴奋劲儿不亚于运动会上夺得了冠军,激动得船尚未停妥,就一个个小猴子似的跳上岸去,背后传来大人们的关照声:"不要走散,早点回来!"我们走在青石板小街上,听着"的笃的笃"

的石板翘动声，觉得十分有趣，十分动听。沿街有卖馄饨的，也有卖麻球的，到处弥漫着油香味，怪诱人的。但更诱人的，是街口那些小人书摊上的小人书，小人书摊极多，都是临街门口放着，两分钱看一本，平时在乡下看不到的书，这里全有。我们先吃过一角二分钱一碗的馄饨，权当吃中饭，然后便坐在小人书摊边，看两分钱一本的小人书。我们并不是每人租一本，而是一个人租，四五个人凑在一起看。不知不觉，大人们便寻过来，招呼我们回去了，说大家都在等我们。

这时才想起，乌镇的公园还没有去玩过，剩下的半本小人书，也只好数纸张一样，一页一页地翻过去，还给了摊主，带着满足和遗憾回到停在浮澜桥堍边的船上。发现一些大人都喝得醺醺然，有说有笑，船里的土产变成镇上的东西——套鞋、毛巾之类。太阳在乌镇的西边挂着，河里波光闪烁，煞是好看。于是我们都期待着下一次进乌镇。

（1994年1月9日《浙江交通报》，署名村人）

乌镇看杂技

乌镇是一个水乡古镇。宽不及丈的石板小街，笔直笔直，风火墙高大而深沉，光亮的铜门环静静地挂在生了锈的铁门上，这些都像一个"镇"的样子。把排门卸下，变成店堂，店堂里暗乎乎的，摆出一只曲尺柜台，边上还要让出一条自己进出的通道。柜台上的玻璃瓶里，盛着桃干、花生、粒头糖、山楂片等，这些成了一个"镇"的商业氛围。而真正诱人进镇，尤其是诱小孩子的，是那一年的乌镇来了一个杂技团。

那年初夏，田里的禾苗已蹿得齐膝高了，绿油油的，崭齐崭齐。清晨，太阳升起，水乡田野一片氤氲，朝露晶莹，极为好看。我们抄小路，穿田塍，翻田埂，越小桥，走着笑着，轻轻松松踩着朝露朝乌镇赶去。

9点多光景，到了金牛、白马二水汇合处的乌镇南栅。不知谁说了一句："看，出塘了。"顿时都雀跃起来，望着宽阔的河道，豁然开朗，拉纤的，扯风篷的，还有少见的小汽轮，看得大家眼花缭乱；远看去，乌镇南栅那竹行，一排排毛竹泊在市河里，黑压压一片，比楼高的毛竹竖在河边的场地上，煞是壮观！演出的场地设在公园的一块空地上，搭起了一个大篷，里面四周用条板搁起来的看台，中间算是表演的地方，铺着地毯。我们买了票，进场去看第二场的演出，时近中午，天气又特别好，热烈的阳光晒得篷里拥挤的观众直冒汗，那身新白土布衣裳和第一次穿的人造棉裤子被汗渍湿透，条板又像是石阶，任人踩又供人坐，更加脏了。

杂技团的演出，使我们大开眼界，骑自行车只要一个轮子，在场中央转来转去，那么细的一根钢丝上，一个人在上面走来走去,挥洒自如,踢缸、踢伞、丢球、钻火圈……看得兴奋无比,弄脏衣裤的不快,早就抛到九霄云外了。

午后回家,虽是同样的路程,却觉得很累,兴致也没有上午高,都没精打采,懒恹恹的。

(1994年3月2日《浙江交通报》)

乌镇水阁

水阁,对江南水乡古镇来讲,随处可见,江浙一隅的周庄、西塘、同里、南浔等都有水阁,连苏州这样的比古镇高一个档次的古城,也有水阁一类的建筑,当然过去的岁月里,水阁在这些古镇建筑中占有很重要的分量,也占有很大的比例。其中千年古镇乌镇也不例外,水阁也成为乌镇的一道风景。

乌镇的水图,因为河道多水阁也多,过去连车溪(市河)两岸都是水阁。所谓水阁,就是沿河的居民房子有半间屋的面积或一个廊房的面积,建在水面上,房子下面是木桩或石柱钉在河中,上架横梁,搁上木板,因而称为水阁。水阁的先决条件是有水,有河但不宜太宽太深。相传,乌镇有句俗语叫"乌镇北栅头,有天无日头"。这是因为北栅市河两边都是水阁,当年市河狭小,宽不盈丈,两岸的水阁房子将整条市河遮得终日不见阳光。

乌镇市河几次拓宽,毁掉了大部分水阁,如今只剩下少量的水阁。

水阁是一种文化,是一种给人想象的文化。当年茅盾先生在一篇名为《大地山河》的散文里,曾无限深情地写道:

> 住在西北高原的人们,不能想象江南太湖区域所谓"水乡"的居民的生涯;所谓"暮春三月,江南草长,杂花生树,群莺乱飞",也还不是江南"水乡"的风光。缺少那交错密布的水道的西北高原的居民,听说人家的后门外就是河,站在后门口(那

就是水阁的门），可以用吊桶打水，午夜梦回，可以听得橹声欸乃，飘然而过，总有点难以构成形象的罢？

这种让人牵挂、让人梦回的水阁，至今仍为游人乐道。临河的窗口，十分明亮，凭窗观河，河里一片笑声，来来往往的小船里装着欢乐也装着丰收，竹篙撑船的笃声，在一片月光的夜里，更加清晰，更加撩人。

乌镇水阁的初建年代今已无考，但看来年代不会太近。因为在乌镇的民间传说里，都有关于水阁的故事。相传乌镇南栅浮澜桥旁一家豆腐店，做了几年后觉得门面太小，想扩大面积，但前有大街，没法向前扩，边上邻居紧挨着，也无法展开，因此只好在后屋河道上延伸出去搭了个水上阁楼。这一搭，房子是扩大了，但河面被他侵占了。这事有人汇报到镇上巡检司那里，这个巡检官立即派人来查问，并说在官河上私建水阁，一要送官府查办，二要限三天内拆除。

刚刚舒心展眉的豆腐店老板一听因建水阁惹了

祸，忙找人商量，一个秀才对他说："不急，我给你写好状纸，你先不用看，官府问你时，你便将状子递上去。"后来官府将豆腐店老板捉去审问，豆腐店老板将状纸送上去，巡检官展开一看，当堂判豆腐店老板无罪释放。

原来，南北走向的乌镇市河有宽有狭，南栅较宽，所以豆腐店老板尽管搭了水阁，并不影响航行，而市河的中段即北花桥一带较狭，但巡检司的衙门为了摆阔气，修帮岸，修船埠，结果连两只船也难以通行。所以，那位秀才在状子上写了"私占官河，五船并行；官占官河，二船难行。谁碍交通，官府自明"。揭了官府的疮疤，巡检官自知理亏，便放了豆腐店老板。

从这个民间传说看，乌镇的先人们为了节约土地又方便生活，便在河岸边上打桩修水阁。这种方法，还与过去的交通有关。水上交通是过去乌镇的主要交通方式，有了水阁，水阁下有独家享用河埠，也可以作为私家船的泊位，这有点像当今小区里的私家汽车泊位一样，可以显示一种财富。而且有了私人河埠，可以不去那些公共河埠洗汰。公共河埠逢早上洗汰高峰时，十分拥挤，一个人占住洗衣服，一个人占住洗菜，后面就有许多人等着，有点像公共盥洗室，两个水龙头七个人用，极不方便。而水阁下的私人河埠，方便和好处也就显而易见了。

河埠占河道影响排洪肯定是事实，秀才的歪理只不过是争一时之气。1886年，即光绪十二年，官府拓宽凿深中市市河，疏浚四栅淤塞河道。但是，官府也担心市民在疏浚的河边重新修建水阁，影响泄洪和航行，次年即1887年向乌镇市民发布告谕，严禁侵占桥埠河滩。当年的告示如下：

桐乡县束允泰禁止侵占桥埠河滩告示

为出示严禁事，仰青镇居民店铺地保人等知悉：须知官河为舟楫往来要道，河沿岸滩悉属官基，不得图便己私任意占造，有碍行舟。自示之后，务各按照向有界址，倘敢隐占桥埠河滩，一经访闻或被告发到县，定提严惩押拆，决不姑宽。各宜凛遵，毋贻后悔。切切，特示。

光绪十三年六月二十六日给

这个告示，后来刻在石碑上，立在乌镇福昌桥的桥堍，让后人铭记这种公德。

乌镇水阁今天已成为观光的景致之一，乌镇的形象名片，就是水阁、小街。因此，保护好这些文化遗产，是后人的一个光荣而艰巨的任务。水阁，任重道远。

（2003年7月29日《人民日报》海外版）

重访茅盾故居

今年是一代文学巨匠茅盾先生诞辰120周年,是茅盾进上海商务印书馆100周年,也是茅盾逝世35周年,所以在这样一个特殊年份上,近日我又专门重访了乌镇茅盾故居,进一步感受文学巨匠茅盾故居所蕴含的文学魅力。

乌镇茅盾故居坐落在乌镇观前街17号,这是一座普通得不能再普通的民居建筑,四开间临街二层楼,如果不是挂着陈云同志生前为茅盾故居写的匾额,恐怕走在观前街也不会知道这里就是诞生文学巨匠茅盾的地方。但是，在潇潇春雨中我走在观前街的石板路上，仿佛走进上上个世纪茅盾出生前的岁月里，120年前的农历五月二十五日，茅盾就出生在这座观前街17号民居的楼上。对茅盾这位长房长孙的降生，四世同堂的沈家，无论是在广西梧州担任地方部门要职的曾祖父沈焕，还是在杭嘉湖响当当的乌镇名中医、外公陈我如，都格外兴奋。曾祖父在广西得到曾孙出生的喜讯时，一大群燕子在其住所上空飞翔，沈焕认为这是吉祥的兆头，所以亲自为这个曾孙取小名"燕昌"，名德鸿。而此时的外公陈我如急匆匆地走在观前街这条石板小街上，看望自己的掌上明珠——女儿陈爱珠和外孙！后来，这个出生在普普通通民居里，给沈家带来荣耀的曾孙成为一代文学巨匠，成为共和国的文化部长、全国政协副主席，却是这位靠自己打拼出来的曾祖父沈焕所没有想到的。

这是1896年的事，距离今天已经整整120周年。

茅盾故居的格局并不轩豁大气，相反显得局促和逼仄。四开间临街的二层楼房子，楼下每一间临街门面，都是一块一块的木板拼起来的排门和一扇小门或矮门，没有轩敞的大门，也没有墙门照壁，更没有高门槛和气派的门当，在乌镇观前街的民居中没有一丁点的特别，在今天摩肩接踵的乌镇旅游人潮中，假如稍不注意，就会错过这座诞生过文学巨匠的普通水乡民居。我们轻轻地推门进去，发现临街的四间楼下房子因为参观的需要，已经作为陈列室，其中有沈家自己的私塾，沈家大家庭吃饭用的餐厅。在第一进与第二进之间，还有东西各一个不大的天井，用于采光和承接雨水。我们进去时，屋檐水正嘀嗒嘀嗒地落在东边天井的石板上，我突然想起，也许天井里的赭色石板还记得，当年茅盾父亲去世后，茅盾还在隔壁的立志小学读书，有一次，一个同学拉着茅盾去外边玩，茅盾急于回家，不肯与他去玩，于是茅盾在前面跑，那个同学在后面追，在学校的桂花树边，那个同学自己跌一跤，划破点皮，于是他拉着茅盾，哭着到茅盾家里，告诉茅盾母亲说茅盾打他，茅盾母亲赶快给他包扎一下，又给他几文钱，安慰安慰。这时，在旁边的茅盾姑妈说了几句讥讽茅盾母亲的话，茅盾母亲听了，立刻满脸通红，拉过茅盾，举手要打。茅盾一看不对，挣脱后夺门而去。母亲还在后面恨声说：你不听管教，我不要你这儿子了！后来小学老师沈听蕉先生送茅盾回家，就站在这个天井里，一手拉着茅盾，一边朝楼上窗口的茅盾母亲说："这件事我亲眼看见，是那个同学不好，自己跌倒，却来诬告，怕你不信，我来作证。"还说："大嫂知书达礼，岂不闻孝子事亲，小杖则受，大杖则走乎？德鸿做得对！"茅盾母亲在楼上窗口听了沈先生的话，默然片刻，说了一句"谢谢沈先生"，就回房了。晚上，茅盾跪在母亲面前，说："妈妈，打吧！"茅盾母亲却泪如雨下，说，"你父亲在，就不用我"。一百多年前的这一幕，就发生在故居这天井里，发生在这临街的楼上。

茅盾父亲沈伯藩的英年早逝，给茅盾母亲天大的压力，当时10岁的茅盾和6岁的沈泽民正是需要父爱的时候，父亲却撒手西去。茅盾母亲把茅盾父亲的遗像挂在第二进楼下，下面供着鲜花，照片两侧，茅盾母亲亲自写了一副对子："幼诵孔孟之言，长学声光化电，忧国忧民，斯人斯疾，奈何长才未展，死不瞑目；良人亦即良师，十年互勉互励，雹碎春红，百身莫赎，从今誓守遗言，管教双雏。"茅盾母亲是个有远见卓识又知书达礼的女性，虽然在沈家没有到忍辱的程度，但负重是肯定有的。据说，观前街17号里的女性都很豁达干练，茅盾的曾祖母王氏，祖母高氏，都是遇事冷静有决断，似乎是天生的当家人。茅盾的童少年时代就生活在这样的家庭氛围里。

今天，我们在茅盾故居虽然看不到当年茅盾生活的场景，但是能够看到茅盾作文本上教过茅盾的老师写的评语："好笔力，好见地，读史有眼，立论有识，小子可造，竭力用功，勉成大器！"以及"生于同班年最幼，而学能深造，前程远大，未可限量！"等等。老师的这些评语，现在看，弥足珍贵，而且老师这预言早已成为事实。据说，当年茅盾写这些作文时，大家庭里传出让茅盾辍学去自己家里的纸店当学徒的风声，让茅盾母亲感到一种实实在在的压力，而植材小学的青年教师、举人卢鉴泉带了茅盾的作文专门到茅盾家里家访，将茅盾在学校里写的作文拿给茅盾的祖父看，拿给茅盾的祖母看，并且说，这样好的成绩，不读书是太可惜了；还拿茅盾的叔父做例子，说当年辍学去当学徒，是长袍改成马褂，大材小用。这位卢老师在观前街17号的老屋里的一番游说，让茅盾母亲坚定了决心，也让茅盾母亲减轻了压力。后来，茅盾昆仲能够顺利上中学、上大学，这位小学卢老师又是茅盾亲戚的卢表叔功不可没。

茅盾故居后面的三间平屋以及边上的小小空地，是茅盾小时候的乐园。平屋里堆放着杂物，也堆放着茅盾曾祖父从外地寄回来的杂七杂八的书，包括小说，所以，茅盾常常和弟弟悄悄地到平屋里寻找自己喜欢的书。而平屋外面不大的空地，是祖母当时养猪的地方，那里还见缝插针种着几棵桑树，春天，祖母还养蚕，所以这个地方也成了茅盾童年时的乐园。几十年后，茅盾的弟弟沈泽民在鄂豫皖苏区中共省委书记的任上牺牲后，茅盾为了让母亲回乌镇有个安静的地方，特地将三间平屋重新翻造，并亲自设计图纸，添置家具。平屋造好以后，祖母已经去世，院子空地里种了一些花草，也种了棕榈树、南天竹等，小院子整理得生机盎然。不过，茅盾在这里住的时间不多，在平屋里只写了一个中篇小说《多角关系》。后来，鲁迅去世时，茅盾正在平屋里生病，所以没有赶上鲁迅先生的葬礼。

据当地的档案部门介绍，乌镇茅盾故居在20世纪60年代就被当地列为县级文物保护单位。"文革"结束以后，家乡人就开始修缮茅盾亲自设计的三间平屋，期盼茅盾能够回故乡看看。但是，年迈的茅盾此时已经无法远行。1981年3月27日茅盾在北京去世以后，桐乡人民就开始修缮和保护观前街17号的茅盾故居，并于1985年7月4日落成开放。1988年1月，乌镇茅盾故居被国务院列为全国重点文物保护单位。开放30多年来，数以千万计的参观者，走进观前街17号茅盾故居，感受一代文学巨匠茅盾的精神和文学魅力。而笔者虽然去过乌镇茅盾故居多次，但每次去谒访，都有不同的感受，相信这个世纪是这样，下下个世纪也会如此。

（2016年7月4日《文汇报》）

南北湖野趣

汽车在杭申线上奔驰一阵，司机放慢车速，把方向盘轻轻一扭，轻盈地驶进了一条乡村小道，仿佛一叶小舟在田头村边游弋。幢幢新楼旁，一群衣着簇新的村孩在嬉笑玩耍，山脚边的田里，丰收的稻浪像杭州湾里的碧波，在很有规律地起伏着。约莫走了十多分钟，一座琉璃瓦黄顶的石牌坊耸立在青山绿水间，"南北湖"三字，是汪道涵同志的手书。下车后，迎面跃进眼帘的是一幢富有江南园林特色的建筑——新建的南北湖山庄。

傍晚,余晖洒落在南北湖四周的山上,好似画家涂抹上一笔薄彩。浅浅的湖面荷花、芦苇,零乱地漂荡一片,岸边,齐膝的青草伴随软软秋风起伏着,偶有几朵无名小花点缀其间。一位极有耐心的村民老翁,蹲在草丛里,目不转睛地瞅着杂草丛生的水面,一打问,他在钓鱼。湖中有一荒岛。虽有亭阁彩廊,绿柳低垂,却不见人影浮动。正在纳闷间,一位当地人告诉我,荒芜数月矣。

自然,荒也有荒的野趣,比如湖中长堤。由东至西,两座古朴的石桥轻卧其间,东西两端各有一座亭子,东面的那座亭子名"明星亭",是30年代电影明星胡蝶捐资建造的。当时,年轻的胡蝶来南北湖拍电影,为这里的天然美景所吸引,慨然捐资筑亭,寄托对南北湖的眷恋之意。

沿着上山小道,穿过橘林悄悄朝山上爬去,古树青竹环抱中,一座古刹名寺赫然显现眼前,这就是有名的云岫庵。站在云岫庵的一边,可以鸟瞰南北湖全景,也可远眺钱塘江出口处的汪洋大海,仿佛置身于杭州玉皇山,令人心旷神怡。

清晨,人还未起床,"喔喔喔"的鸡叫声却早早从村里传来。秋梦惊醒,我忽然想起明朝诗人徐泰吟南北湖的一首诗:

> 澉湖湖上桂花秋,
> 海月当年满画楼。
> 仿佛钱塘六桥夜,
> 至今人说小杭州。

拉开窗帘,一阵醉人的山湖清风徐徐飘来,远处,芦苇丛中一群野鸭被游船惊起,正列队东飞……

(1989年12月30日《浙江交通报》)

赵孟𫖯乌镇访诗友

青年时代的赵孟𫖯,不但学识渊博,能文善书,而且还十分虚心好学,上至名流文人,下至小庙僧人,只要有学问,他都愿躬身往访,缔定诗盟。

一次,他知道湖州东南百里之遥的水乡古镇乌镇有个善诗文而隐名不扬的法师千濑,于是,便雇船往访。

乌镇虽是水乡小镇,但历来是群贤荟萃、文运通达的地方,历朝历代中进士者不乏其人。故古人有诗云"闻说向时湾下路,沿街不断读书声",可见读书求知风气之盛。此外,乌镇小桥清溪,垂柳古杨,更使古镇添姿。

当赵孟𫖯来到寺院门口时,千濑长老早已走下松楼,合掌在门口迎候了。进寺寒暄毕,两人边品茶边叙谈,一老一少,兴致极浓,不知不觉,已近日午。用过中饭后,千濑长老领着赵孟𫖯上寺院的松楼观书,四壁线装古书,使他眼界大开。千濑又将自己的诗稿捧给他看,共同推敲。一会儿,赵孟𫖯看看日已西斜,又恐法师疲劳,便起身告辞。两人行至楼下,千濑捧出纸墨,说:"子昂兄,请留诗,以资贫僧宝藏。"说毕,便替赵铺纸研墨。赵孟𫖯见长老如此盛情,知谦让无用,便略一思索,步法师诗韵,挥笔写下了一首《游乌镇次韵千濑长老》:

> 泽国人烟一聚间,时看华屋出林端。
> 已寻竹院心源净,更上松楼眼界宽。
> 千古不磨唯佛法,百年多病只儒冠。
> 相逢已定诗盟了,他日重寻想未寒。

笃信佛法的千濑法师欣喜不已,连声赞道:"好!好!"随后出寺门合掌与赵孟頫依依道别。

(1984年9月20日《湖州报》)

第二辑

名人旧事

茅盾与黄慕兰

茅盾和女革命家黄慕兰是在大革命的洪流里认识的老战友。在经历半个多世纪的风风雨雨后,两人结下深厚的战友情谊。

黄慕兰,又名黄定慧。1907年生于湖南浏阳县(今浏阳市)。1926年起,19岁的黄慕兰就担任国民党汉口特别市党部的妇女部长、《汉口民国日报》的副刊编辑等,和黄慕兰一起共事的还有不少既能干又漂亮的革命女性,如范志超等。1927年元旦后茅盾也奉命到中央军事政治学校武汉分校担任政治教官,后又去主笔《汉口民国日报》。茅盾记得:"《民国日报》的原主笔是宛希俨,他调任汉口市党部宣传部长后,就由高语罕代总主笔。我就是接替高的工作(但他继续帮我写了一段时间的社论)。"茅盾就在那里认识了黄慕兰,他在回忆录中说:"当我天天这样过夜生活的时候,同我的宿舍隔街相对,也有一间房夜夜灯火通明。那里住着三位单身女同志,其中一位是汉口市妇女部长黄慕兰,一位是在海外部任职的范志超。她们都结过婚,黄慕兰已离婚,范志超的丈夫(朱季恂)死了。她们都是工作有魄力,交际广,活动能力强的女同志,而且长得也漂亮,所以在武汉三镇很出名。"

1927年三八妇女节,20岁的黄慕兰和23岁的年轻革命家宛希俨结成伉俪。但身处火热的大革命中心,这些年轻的革命家,连婚姻也都带有革命色彩和时代特色。黄慕兰回忆说:"我们结婚时没有举行任何仪式,是由董必武同志在一次会议上公开宣布的。同时在报上还登了'宛希俨、黄慕兰启事:我俩因为志同道合,结为革命伴侣,特此敬告诸亲友。'"宛希俨是湖北黄梅人。他出生在一个开明绅士家里,1923年在南京东南大学参加中国共产党。五卅运动后回武汉从事革命活动,大革命失败后,偕妻子黄慕兰去南昌担任中共江西省委常委、宣传部长。1928年5月,宛希俨率农民武装攻打万安县城时,不幸壮烈牺牲。

1927年大革命因蒋介石和汪精卫的相继叛变而告失败,6月份开始,武汉陷入一片动荡之中,不久,白色恐怖弥漫在武汉三镇。宛希俨和黄慕兰夫妇接到陈潭秋传达党组织的指示,于当月14日晚上乘最后一班轮船离开武汉潜往江西。而茅盾在武汉的一片白色恐怖里,7月8日写完最后一篇社论《讨蒋与团结革命势力》,给汪精卫写了一封辞职信后便转入地下。茅盾回忆说:

> 我在栈房里隐蔽了半个月,大约在七月二十三日,我接到党的命令,要我去九江找某个人,并交给我一张二千元的抬头支票(所谓抬头支票,即支票上有受款人姓名或别号,受款人得此支票,仍须

经过商店保证或他本人有钱存别家银行，即可由此银行转帐。抬头支票是保证万一支票遗失，拾得者不能取钱），要我带去交给党组织。那时船票极难买，费了大劲，才买到了日本轮船"襄阳丸"当天的船票。同行的还有宋云彬和另一个姓宋的，不过他们不是有任务去九江，而是搭船先到九江，再换船回上海。我上船一看，乘客有一半是面熟的，很多是共产党员。我们住的是统舱，三个人只有两个铺位，由于天热、拥挤，统舱象个蒸笼，我一夜汗流浃背，未能入睡；幸而傍晚船开，第二天清早就到了九江。我们上了岸，找了个客栈住下，我就按照通知的地点去找人。接头地点是一家小店铺，我走进屋里，见有两个人坐在那里，原来一个是董必武，一个谭平山。董老看见是我，就说："你的目的地是南昌，但今天早晨听说去南昌的火车不通了，铁路中间有一段被切断了。你现在先去买火车票，万一南昌去不了，你就回上海。我们也即将转移，你不必再来。"我把二千元的抬头支票交给他，他说，"你带到目的地去。"

后来，去南昌火车不通，茅盾便上了庐山，在山上住了半个多月后下山，坐船沿长江而下，到镇江上岸。茅盾回忆说："想不到镇江码头上有军警搜查旅客，搜查我的那个兵发现我带的那张二千元的抬头支票，又见我没有行李，就怀疑起来。我急中生智，低声对他说，这东西我不要了，就送给你罢。那兵迟疑一下，就把支票塞进口袋里，让我走了。"回到上海，茅盾向党组织报告了此事。后来茅盾知道，"据说他们先向银行'挂了失'，然后由蔡绍敦（也是党员，后改名蔡淑厚）开设的'绍敦电器公司'担保，取出了这二千元"。

茅盾从大革命的中心武汉转入地下回上海的过程中，这支票一直是广大读者心中的一个谜，这支票究竟是谁交给茅盾的？因为茅盾没有明说。直到2004年7月《黄慕兰自传》出版，才由黄慕兰这个老战友解开这个谜。黄慕兰回忆当年离开武汉时说：

行前我和希俨奉董必武同志之命，将3000元的支票送交茅盾同志，并传达董老指示，时局将有变化，嘱茅盾同志持此支票去上海绍敦公司（蔡叔厚）兑现，"隐于笔耕，善自珍重，后会有期"。当时我们并不知蔡叔厚即第三国际驻中国的联络员。

这里，二千元还是三千元并不重要，重要的是黄慕兰的这段回忆，解开了送支票给茅盾的人是谁的谜，而且也透出一个值得探讨的信息，即1927年大革命失败后的茅盾回到上海闭门写作，是否奉中共"隐于笔耕"的指令。如果是，那就将对1927年茅盾隐居写作的背景重新描述！当然，这不是本文所要介绍的内容。在大革命时期结下的革命友谊，经历了近半个多世纪的生死考验后，历久弥坚。大革命后茅盾成了革命作家，写出了《子夜》等鸿篇巨制。抗战爆发后，茅盾在香港因资金短缺为出版《鲁迅全集》奔走呼吁时，以企业家身份从事地下工作的黄慕兰伸出援助之手，解决了出版《鲁迅全集》的资金困难，为宣传鲁迅精神立下汗马功劳。

新中国成立后茅盾担任了新中国的文化部长，粉碎"四人帮"后，又为文艺春天的到来呼吁，也为一些在中华人民共和国成立后蒙受不白之冤的老作家、老战友仗义执言。其中为黄慕兰的平反，八十老人倾尽全力为之努力，让黄慕兰感动不已。因为黄慕兰在中华人民共和国成立前长期从事党的地下工作，1955年，因潘汉年冤案长期受审查，1975年从秦城出狱后，奔走申诉，争取平反恢复党籍。茅盾得知情况后，在1980年1月11日、24日和2月4日连续三次给黄慕兰写信，热情邀请黄慕兰叙旧，并亲自为黄慕兰平反之事向邓颖超写信：

邓大姐：

您好！

黄慕兰同志坚持地下工作，为党做了许多事。"文革"时期遭受迫害，至今尚未平反昭雪。

您是深知慕兰同志的一生情况的,因此我们恳请您敦促有关单位,早日予以昭雪,不胜盼祷之至。

此致

崇高的敬礼

沈雁冰

一月十七日

茅盾将此信寄给阳翰笙,让他联系胡愈之、夏衍等老朋友联名向邓颖超同志上书,希望早日为黄慕兰同志平反。此事虽然后来因为有邓小平、邓颖超同志亲自过问,毋需证明了,所以书信没有送上去,但黄慕兰知道后仍无限感激地说:"虽然如此,我对茅盾等6位的正直仗义和真诚友谊,永铭心版。"后来黄慕兰平反安排工作后,茅盾于1980年6月28日又专门给黄慕兰去信,"遥致庆贺之忱"。1981年3月27日茅盾去世后,黄慕兰专门送了挽联。

(2006年7月5日《中华新闻报》)

锦心绣口,咳吐成珠

20世纪二三十年代,一代文豪茅盾一家一直生活在上海这个大都市,其女儿沈霞1921年出生在上海鸿兴坊,后来进养真幼稚园、尚公小学、静安小学等学校,据说茅盾女儿沈霞10岁前就能看《红楼梦》,而且和父亲茅盾比赛着看《红楼梦》。由于家庭的影响,沈霞聪慧而极富文学才华,而且思想要求进步,颇得茅盾夫妇喜欢。

1936年,已经出落成大姑娘的沈霞考入上海培明女子中学高中部就读。从沈霞在培明女中时保存下来的作文簿看,这位进步的女青年在作文簿里留下了才华横溢、思路敏捷的印痕,也留下了当时培明女中国文老师圈圈点点的手迹和充满激赏的评语。如《我最欢喜的书》的作文里,沈霞条分缕析,侃侃而谈,写了自己的感想,因此老师圈点之后在评语中写道:"形式了无瑕疵,实质亦深中肯綮,许称佳作。"在一篇题为《学以致用》的作文中,沈霞写得很有深度也很有思辨能力,所以老师批阅后给予一个很高的评价和鼓励:"锦心绣口,咳吐成珠。是有目共赏之文。"在《值得纪念的一件事》作文中,沈霞讲述自己看电影而激发的爱国激情,老师的评语是:"理直气壮,大有怒发冲冠之势,民气如此,何患强梁。"在一篇题为《马路上一瞥》的作文后面,老师的评语是:"写来如绘,文中有画,阅者几疑置身其中矣。"其他如"行文多呼应处,眉目清醒""无浮词冗语,亦是可贵"等老师评语,可见老师的识见非同一般,也同样可见在培明女中念高中的茅盾女儿沈霞的聪慧和进步。

当笔者见到沈霞在培明女中时的作文簿及老师评语时,自然而然地想起沈霞父亲茅盾小时候的作文。当年茅盾小学作文本上也有"目光如炬,笔锐似剑,洋洋千言,宛若水银泻地,无孔不入。国文至此,亦可告无罪矣!""有血性语,有悲悼语,有期望语。表扬中兼寓惋惜。韬厂虽死,倘泉下有知,当亦扬眉吐气耳!""慷慨而谈,旁若无人,气势雄伟,笔锋锐利,正有王郎拔剑斫地之慨!""扫尽陈言,力辟新颖,说理论情,两者兼到"等老师评语。当时茅盾看到女儿作文中老师的评语酷似自己少年时的风采时,十分欣喜。抗战爆发后,茅盾率全家离开上海,辗转湖南、香港、新疆等地,沈霞也因上海战事而中断培明女中的学业,随父母远走后方。

和茅盾少年时代作文中老师评语不知为谁所作一样,沈霞1936年在培明女中念高一时作文中的评语是谁所写,至今仍是个谜。不知当年和沈霞一起在培明女中求学的同学还记得否?当年教高一的国文老师有哪些？哪位老师为沈霞作文写的批语？

（2004年9月25日《新民晚报》）

茅盾的两首怀乡词

西江月

故乡新貌二首

其一

祖国红花开遍,故乡喜沾余妍。新装改换旧垄阡,县委领导关键。

双季稻香洋溢,五茧蚕忙喧阗。工农子弟竞攻坚,那怕科技关险。

其二

唐代银杏宛在,昭明书室依稀。往昔风流嗟式微,历史经验记取。

解放花开灿烂,四凶霜冻百卉。天青雨过布春晖,又见千红万紫。

一九七七年十二月

这两首《西江月》,是一代文学大师茅盾写给故乡人,也写故乡事的怀乡词。茅盾自抗日初期送母亲回故乡浙江省桐乡县乌镇后,颠沛流离,一直没有回故乡,甚至其母亲1940年逝世时,因在新疆而未能返回故乡奔丧。新中国成立后,他因公务繁忙,也未能回乡,晚年因年事已高又无法返故里。但故乡情愫,却一直萦绕在茅盾心头,正如他自己在1980年写的一篇《可爱的故乡》中说的:"漫长的岁月和迢迢千里的远隔,从未遮断我的乡思。"

在这两首怀乡词里,茅盾对故乡一往情深,充满厚爱、赞许、期望、回忆、感慨。第一首词的上阕,把祖国的兴旺与故乡的兴旺联在一起："新装改换旧垄阡，县委领导关键。"赞许故乡领导为桐乡的发展变化所做的贡献和努力。下阕是茅盾对故乡的期望："工农子弟竞攻坚，那怕科技关险。"期望故乡后人攻坚科技。"双季稻香""五茧蚕忙"都是茅盾故乡农业的写实。当地有养春蚕、夏蚕、早秋、中秋、晚秋等五季蚕的习惯，故"五茧蚕忙"。在第二首词里，茅盾把故乡乌镇的两个古迹"唐代银杏""昭明书室"嵌入词中，感叹故乡历史的悠久。而下阕则欣喜时事："天青雨过布春晖，又见千红万紫。"茅盾对故乡的深情厚谊，则贯穿在其中。

值得一提的是，茅盾赠词赠诗，都是因人而异，这两首《西江月》也不例外。1977年冬，桐乡县作为农业先进单位赴京参展，因而县委指派县委办公室和文化馆的两位同志赴京布展。两位同志在展览布置空隙，带了桐乡的一些照片，专门去拜访茅盾。茅盾仔细看了故乡人带来的照片，又问了一些乌镇的文物古迹状况，听了两位同志的回答后，茅盾"脸上露出了喜悦的神色"。后来这两位同志在京又写信给茅盾,向他"求墨宝",茅盾欣然同意,就写了这两首怀乡词。这两首怀乡词当初题赠给故乡人时和后来收进诗词集时,茅盾又有一些改动。从这两首经茅盾手订的怀乡词来看,一代文豪的故乡情怀是多么浓烈。

(1995年12月23日《团结报》)

永远闪光的名字

历经十多载的《沈泽民文集》终于由他家乡的浙江文艺出版社出版了。作为编者，望着这部沉甸甸的先烈遗著，感到欣慰和感慨，终于，我们和浙江文艺出版社的领导和编辑共同圆了茅盾的一个梦。

1983年早春三月，我们在北京参加首届中国茅盾研究学术讨论会。会上，我们和浙江文艺出版社铁流同志商谈，为茅盾的胞弟沈泽民同志编一本文艺类作品集，铁流同志非常支持我们的这个想法。正巧，茅盾的儿子韦韬同志也在会议上，于是我们又向韦韬同志谈了这件事。韦韬同志听后，沉吟片刻，对我们说：你们的选题很好，需要我做的事，我一定尽力。说到这里，停了一下，神情凝重地告诉我们：父亲生前也曾想为叔父编一本集子并有意识地搜集了一些材料，但由于精力不济，没有编成。听完韦韬同志的一番话，我们都觉得肩上的担子沉重起来，感到此事既有意义，又责任重大。

沈泽民同志（1900—1933）是一名骁将，无论是在新文学史上还是在中国革命史上，都有过辉煌的业绩。他留下了上百万字的文学作品（包括创作、翻译），也留下煌煌战绩。在五四运动的影响下，19岁的沈泽民就创作了《阿文和他的姊姊》《呆子》等小说，从时间上看，他的小说创作比其兄茅盾还早八年！而且，一开始创作，就显露出一个革命作家的本色，在作品中鞭挞旧势力，同情劳动人民，表现出强烈的平民意识。在文艺理论方面，沈泽民以较高的马克思主义素养，写出了《我们需要怎样的文艺》《文学与革命的文学》

等在当时引人瞩目的文章,与恽代英一起为新文学的理论建设贡献自己的聪明才智。同时,沈泽民又以旺盛精力和聪明才智,翻译了大量的文学作品和文艺理论,译介了大量日本、法国、英国、匈牙利、俄罗斯等国家不同流派作家和理论家的作品,用拿来主义态度,将这些作品介绍给国民,推动中国新文学运动的发展。

沈泽民同志的一生是短暂的,但他在年轻时代为中国民族解放事业的忘我献身精神,同样永远值得后人忆念。1920年,他为寻求真理,毅然放弃即将到手的文凭,与张闻天一道去日本攻读马克思主义,寻找救中国的真理。20年代中期,他与夫人张琴秋一起去莫斯科中山大学学习,先后同班的有俞秀松、傅钟、邓小平、屈武、左权等,而后与张闻天、王稼祥等一起又考入红色教授学院攻读,同时兼任中山大学翻译和助教。1930年,他带着共产国际执委给中共中央的信,绕道法国回到上海,六届四中全会上,当选为中央委员(一说为侯补中央委员)。不久,沈泽民夫妇离开上海,奉命去鄂豫皖苏区工作,担任鄂豫皖省委书记、鄂豫皖中央分局委员等高级职务。在艰苦卓绝的战争中，沈泽民与徐海东、吴焕先等同志一起，坚持根据地的武装斗争，并与张国焘所搞的"肃反"运动作了坚决的斗争，保护了一批像徐海东同志那样的红军干部，为中国革命做出了重要贡献。但是，遗憾的是，沈泽民同志为保卫鄂豫皖苏区，在艰苦环境里积劳成疾，于1933年11月20日长眠在浴血奋战的苏区，为中国革命献出了宝贵而年轻的生命。

面对这样一位不应遗忘的新文学战士，对中国革命积极探索并做出很大贡献的先烈，选编他的遗著，不容我们马虎和草率。于是，我们在繁忙的工作之余，搜集资料、文献，历时十多年，终于选编成这部文艺类的《沈泽民文集》。在这个过程中，我们先后得到成仿吾、丁玲、陈学昭等和沈泽民同志熟识的前辈的支持和鼓励，沈泽民同志的侄子韦韬同志提供了许多珍贵资料。尤其使我们感奋的是，1985年春，老一辈无产阶级革命家陈云同志亲笔为我们选编的这部先烈遗著题写书名。无论对我们编者，还是读者，这都是莫大的鼓舞。

沈泽民同志地下有知，也会感到欣慰的。

新世纪的大门正在缓缓开启，回眸20世纪那些献身中国革命的先烈，浙江文艺出版社毅然出版《沈泽民文集》，纪念这位牺牲六十多年的先烈，从而让人们在世纪之交永远记住这个闪光的名字。

（1997年11月1日《人民日报》）

茅盾与夏衍的电影情缘

茅盾和夏衍都是浙江人,在长达半个多世纪的风风雨雨里,因电影情缘两人结下了真挚的友谊。

茅盾1896年出生在浙江桐乡乌镇,夏衍1900年出生在杭州,两人相识于20世纪30年代上海左联时期,结缘于电影《春蚕》的拍摄。新中国成立后,夏衍从上海调到北京,担任文化部副部长,与文化部部长茅盾共同为新中国的文化事业呕心沥血,其间经历了电影《林家铺子》的酸甜苦辣,经历了"文革"浩劫的苦难,也一起迎来了十一届三中全会后的绚烂晚霞。

1932年11月，茅盾的《春蚕》在《现代》第二卷第一期上发表后，受到广泛好评。次年5月，开明书店出版《春蚕》小说集，夏衍非常喜欢。在此之前夏衍已化名蔡叔声将《春蚕》改编成电影剧本，在《明星月刊》1933年第1卷5~6期上连载。尽管当时《春蚕》是无声电影，但这是中国新文艺作品搬上银幕的第一次尝试。所以，摄制《春蚕》的明星公司非常重视，为使影片更真实地反映蚕事生活，专门从苏州请来三位专家负责养蚕，并将上海蒲石路的摄影棚改作蚕室，完全按养蚕程序进行拍摄。当时，夏衍常常在拍摄现场参观指导，其间还陪同茅盾去现场参观。据导演程步高回忆："在摄制中剧作者常来探望我们，我们有不懂或不明白的情况，亦常常向他请教，他就给我们说个清楚，循循善诱。有一个晚上，在拍摄老通宝家布景时，剧作者陪了以茅盾为笔名的沈雁冰先生来参观，跟我们谈了一会，细致地看了一会。"

由电影《春蚕》的拍摄，茅盾和夏衍建立了深厚的友谊。"此后，夏衍就成了我家的常客。"茅盾事后回忆道。《春蚕》拍摄成功后，上海《晨报》的《每日电影》副刊为此专门召开过一个座谈会，参加这个座谈会的有程步高、姚苏凤、沈西苓、阳翰笙、叶灵凤、赵铭彝、郑伯奇、阿英、夏衍等人。当时影坛、文坛都给予好评，赵家璧、罗庚等发表文章给予肯定，穆木天发表《看了〈春蚕〉影片以后》一文，认为《春蚕》拍摄成功，是"中国电影文化之进步，中国新文化之进步"。

茅盾晚年回忆说："夏衍把《春蚕》改编成电影，这是他和我的第一次合作。30年后我们又有了第二次的合作，他又把我的《林家铺子》改编成电影。但是这次合作却带来了大灾难！《林家铺子》改编为电影，成为夏衍是'反革命修正主义分子'的罪状之一。"

新中国成立后，茅盾任中华人民共和国文化部部长，几年后，即1954年10月，夏衍被任命为文化部副部长，次年8月到任，分管电影和外事工作。

夏衍主政中国电影时，改编《林家铺子》的念头又冒了出来。夏衍怀着强烈的创作冲动问北影厂厂长汪洋："茅盾的《林家铺子》你们敢拍吗？给我一个月假，我交给你们一个剧本。"在北京电影制片厂的支持下，夏衍利用业余时间，把《林家铺子》改编成电影文学剧本。1958年，北京电影制片厂一个阵容强大的摄制班子成立了，导演水华，摄影钱江，副导演谢铁骊、欧凡，演员谢添等。《林家铺子》摄制组南下江浙，辗转杭嘉湖一带，浙江的菱湖等水乡小镇都留下了摄制组的辛勤足迹。影片真实地再现了20世纪二三十年代《林家铺子》的生活场景。后来，影片于1959年作为国庆十周年献礼片由北京电影制片厂出品。

高水准、大投入的《林家铺子》一上映，就在全国上下引起了一片赞扬声。夏衍改编茅盾的名著又一次成功了！艺术评论家何家槐高度评价了这部影片，认为"《林家铺子》是一部思想水平和艺术水平都相当高的影片"。汪岁寒、梅阡、甘惜分等电影评论家也纷纷在媒体上发表文章，称赞电影《林家铺子》于朴素中见深刻。然而，事隔五六年后，即1965年年初，茅盾卸去文化部部长改任全国政协副主席，夏衍被免去当了十年的文化部副部长之后,一场针对茅盾、夏衍的大批判运动从天而降,电影《林家铺子》顷刻间便成了"丑化工人形象""美化资产阶级"的"大毒草"!这就是茅盾所说的第二次和夏衍合作"带来了大灾难"。

好在历史是公正的。20世纪80年代,夏衍改编的这部《林家铺子》重新上映,无论是在国内还是在国外,都获好评,被称为"中国电影顶峰之作"。这也给予了茅盾、夏衍的电影情缘以充分肯定。

(2006年5月19日《人民日报海外版》)

三十年后看茅盾

——茅盾逝世 30 年祭

今年（2011 年）3 月 27 日，是茅盾逝世 30 周年的日子，也就是说，我国现代进步文化的先驱者、伟大的革命文学家和中国共产党最早党员之一的茅盾先生离开我们已经 30 年了。30 年来，我们中国发生了翻天覆地的巨大变化，民主政治、社会生活以及茅盾先生生前钟爱的文化事业都有了巨大的进步。茅盾先生一生创作的作品和他的不朽精神一样，一直在广大读者中间传播，成为读者了解 20 世纪中国社会的文学样本，吸取了解社会历史的辩证唯物主义的力量，让读者在精神层面里得到愉悦的同时也清楚地了解社会发展规律。所以，茅盾的作品和他的精神魅力在他所钟爱的读者群众中间仿佛永远没有离开过。

30 年来，茅盾的精神魅力和现实主义文学光芒依然在中华大地上闪耀，他的精神财富和文学财富依然在激励着新世纪的人们去积极探寻。

从历史、现实的高度，把握社会发展规律的高度去认识社会，书写社会百态人生。20 世纪前半叶的中国社会风起云涌，变幻莫测，无数仁人志士前赴后继，寻求真理。从辛亥革命到五四运动，从开天辟地的中国共产党诞生到大革命的兴起，从土地革命到抗日战争到解放全中国，社会政治发展变化，参与其中的茅盾首先接触马克思主义理论并且成为先进政党的一分子，从而他能够站在历史的高处，追寻社会历史的发展规律，体会时代脉搏，描绘了一幅 20 世纪前半叶的时代历史画卷。《霜叶红似二月花》《虹》《蚀》《子夜》

《锻炼》《腐蚀》《清明前后》等作品，将波澜壮阔的历史描绘得栩栩如生，宏大的历史叙事，让鲜明的时代、年代特征在茅盾的这些作品中和塑造的人物里得到形象反映，在茅盾作品的故事情景里得到充分展现。文学作品从来都是时代的反映，从来都是反映时代的。但是反映时代的艺术水平的高下和是否正确，恰恰是作家对社会发展规律把握程度的反映，是作家对中国传统文化的吸收消化创新水平的反映。茅盾，这位现代文学大师，在这方面是我们中国作家的典范。在新世纪的大发展大繁荣中用心学习研究茅盾的精神文化遗产，无论是繁荣当下的文学创作还是从中汲取灵感，都是大有裨益的。

敏锐捕捉反映时代本质的现象，在题材选择中体现作家自身的驾驭能力。今天看来，茅盾的创作很有意思，1927年大革命失败后，茅盾创作了"蚀"三部曲，从时代、政治、社会的层面记录了发生在中国的这场大革命运动。而30年代初的茅盾虽然同样站在时代的高度，却做出了不同于"蚀"的题材选择，他以敏锐的眼光从经济入手，另辟一片新天地，写出了《子夜》《春蚕》《林家铺子》等现代文学史上里程碑式的杰作，塑造了吴荪甫、赵伯韬等那个时代的大大小小的有鲜明个性的企业家、金融家，也塑造了林老板、老通宝等在那个时代经济活动中遭受经济和社会压迫的底层形象。这些形象的成功塑造，让茅盾看到了自己创作的方向——从社会最敏感、民众最贴近的经济活动入手，写人物的命运，写社会的变迁，从而展现时代风云，体现史诗风格。抗战开始以后，茅盾的生活极不安定，走遍了大半个中国，但是茅盾的创作眼光始终在社会最敏感的经济形势的变化上，所以，其间他创作的长篇小说《走上岗位》和《锻炼》依然是抗战期间的经济题材。自然，在他的创作史上还有不少其他题材的名篇佳作，但他能够敏锐地捕捉反映时代本质的题材，写出那个时代真实的特征正是茅盾精神文化遗产之一，也正是今天我们文学创作所要继承和发扬光大的。

　　终身学习让茅盾成为具有博大精深的文化学养的一代文学大师。遍读古今中外的作品是茅盾一辈子都没有放松的追求，年轻时茅盾就读过两遍二十四史，《红楼梦》读到能够全部背诵，国外的作品连北欧国家的作品都读过并研究过。茅盾一生，与书与文化打交道，几乎都是手不释卷，即使在"文革"赋闲时期，耄耋之年的茅盾每天晚上都要阅书两小时，一年四季几乎从不间断。所以一部《霜叶红似二月花》，洋溢着浓浓的《红楼梦》气息，让人充分享受阅读审美快感的同时，也领略了辛亥革命到五四运动前后的历史风采。一部《茅盾诗词集》，数量不多但文化内涵却十分厚重，茅盾生前关照用繁体字来印刷他的诗词集，并非是茅盾排斥简化字对繁体字情有独钟，而是他注重祖国文化文字的文化内涵。这样深度的注重，与他一生的学习读书积累起来的文化素养是分不开的。

在信息爆炸的新世纪里，碎片化的信息让人目不暇接，知识的积累似乎已经多元化，"下载"二字成了知识积累和读书的代名词，但当我们在回望文学巨匠茅盾一生走过的学习之路的时候，常常会感到，当今时代的知识危机时时刻刻在窥伺着今天的人们。历史证明，当渴望知识读书以一种社会时尚出现的时候，这个国家民族的发展腾飞也就不远了。

茅盾给我们的启示很多，茅盾的精神财富无论是在茅盾生前还是在茅盾身后，坦率说，我们的学习继承发展是远远不够的。尽管茅盾逝世30年来出版了120多种研究茅盾、宣传茅盾的著作，但是与茅盾的博大精深相比，仅仅是开始。因为，不管是肯定还是否定，茅盾的1500万字的作品和隐藏在他一生言行及思想里的精神财富，无论多少年后依然会让人肃然起敬。

（2011年3月29日《人民日报》）

从茅盾托巴金买火车票说起

1960年国庆节过后,茅盾以文化部长、作协主席的身份要从北京到杭州接待波兰作协副主席、党组第一书记普忒拉曼特夫妇。当时茅盾准备飞到上海,再转火车到杭州。为此,茅盾亲自操心,10月12日给在上海的巴金写信,托巴金帮助买火车票,订旅馆等。茅盾在信中说:"巴金同志:此次国庆期间,作协接待之外宾,以波兰作协副主席、党组第一书记普忒拉曼特最为重要,普又是波党候补中委,在波兰为对我最友好者之一……我和普夫妇同机自华沙而莫斯科而北京,路上曾相约:如果他们参观广州之后在杭州休息游览几天,我将奉陪。现在他们决定要到杭州,因而我也要到杭州一趟。我回国后精神一直不好(仍为失眠、不能用脑等老病),也打算休养一下;我定于本月十九日乘班机飞沪,当天(如果可能)转车赴杭,待廿六日普夫妇到杭后再和他们同到上海。请为代购上海到杭州的火车票壹张(十九日的)。但如果当天转车赴杭不可能,则只好在上海过一夜了,那就要请代定旅馆。如果十九日因气候关系不能起飞,那当然要顺延一天。日来北京天天晴,不知上海如何?穿什么衣服?夹衣乎棉衣?乞便中见示。雁冰十月十二日上午八时。"

普忒拉曼特,通译普特拉门特,波兰作家,主要作品有《战争与春天》《前夫之子》《不忠实的人们》等。茅盾此次从北京转道上海赴杭州,虽然是公务活动,但事必躬亲的茅盾,连买火车票,订旅馆,穿什么衣服,如果飞机延误又如何等都亲自过问,没有一点文化部长、一个大作家的架子,更看不出一点官气。后来飞机票买好后,茅盾又致函巴金:"巴金同志,十日函计已达览,现因十九日班机系下午起飞,到沪时已为傍晚(下午六点半或七点),不便当天转车赴杭,我决定在沪停留一宿,二十日赴杭。因此,仍然要麻烦你们代定旅馆。"告诉老友到上海的时间和拜托其代订旅馆,一个政府高级干部,其作风朴素到和一般老百姓没有二致。

按理说,这些琐事作为文化部长是不用自己操心联系的,但茅盾没有让工作人员代劳,而是亲自与老友联络,字里行间充满与老朋友的友谊,充满清廉的气息,没有一点奢侈意思。那颐指气使的官场病不是茅盾不会做而是不屑做,因为甩派头,摆官架子,追求特权,一掷千金的奢侈等,都是很容易做的事情,而不做这些事则是不容易的!况且1960年的茅盾已是当了十余年的共和国文化部长了,依然这样事必躬亲,委实不易。

(2006年7月9日《新民晚报》)

那个最了解茅盾的人走了

——悼韦韬同志

七月,从北京传来噩耗,被茅盾称为最了解其一生经历的韦韬同志,走完了90岁的人生道路,于7月14日在北京去世。

韦韬,原名沈霜,1923年出生在上海一个革命家庭,出生时,父亲沈雁冰是革命文艺奠基人之一,母亲在上海做妇女工作;叔父沈泽民也是中共成立前就参加中国共产党的革命者,抗战前的韦韬从小学到中学随父母一直在上海生活。在充满革命和文化的家庭氛围里，韦韬深受家里的革命气氛的影响，从小就会唱《国际歌》。抗战开始后，韦韬同志先后在长沙、香港、新疆等地读书；1940年5月随父母去革命圣地延安，从此走上革命道路；在陕北公学毕业后，成为文艺和新闻战线一名战士。抗战胜利后，随着解放战争的展开，韦韬同志随部队转战各地，撰写和编辑了大量文稿。新中国成立之后，韦韬同志依然在部队院校工作，依然保持革命本色，为人低调，淡泊名利。据说当时他们在南京工作，过着供给制生活，和一般干部一样吃大灶。而当时按照韦韬同志的级别是可以吃中灶的，但是，当时韦韬夫妻俩谁也没有想到可以吃中灶，而是其他同志提醒，但是韦韬同志并不在乎这种等级，依然和大家一起吃大灶。他从来没有以"老革命"自居，更没有半点特权意识。茅盾晚年写回忆录，需要助手，给军委秘书长罗瑞卿和周而复写信，认为韦韬"是我大半生活动中的始终在我身边的唯一的一个人了。有些事或人，我一时想不起来，他常能提供线索"。所以韦韬同志是茅盾写作回忆录的见证人，也是最熟悉最了解茅盾生平的人。

茅盾逝世以后，韦韬同志全身心地整理父亲茅盾的手稿、书信，出版茅盾著作，为国内外茅盾研究提供服务。这位延安时期的老干部，常常骑着自行车，来往于图书馆和茅盾故居之间，春夏秋冬，暑去寒来，他一个七八十岁的老同志，把茅盾身后的大量手稿书信进行整理，出版了《茅盾译文全集》等大量茅盾作品。人民文学出版社的《茅盾全集》出版以后，韦韬同志又用十多年的时间，搜集、整理出版了上百万字的全集附录。同时，他又把珍贵的茅盾手稿整理以后分别无私捐赠给北京、上海、桐乡等地的有关单位，把他姐姐和姐夫萧逸的遗物、手稿分别捐赠给桐乡和南通。记得两年前他曾经和我说过，现在，他把他父亲留下来的这些手稿、遗物等安排妥当了，已经放心了。这与他父亲临终时捐献25万元稿费一样，体现了一个共产党人的高风亮节！前年春天，88岁的韦韬同志专门回到故乡看看乌镇的故居，看看已经让故乡收藏的茅盾手稿，见见我们这些乡亲。那天，他在浓浓的乡情里，给我们回忆往事，还特地给我说，新版的《茅盾全集》他已经整理过了，自己体力不行了，想委托我替他为出版全集把关。我和韦韬同志交往几十年，他对我的信任、帮助和关心，我始终铭记在心，对他的委托，我二话没有，一口答应了。那天，他很高兴。他回到北京后，很快将有关新版《茅盾全集》的想法和意见包括他和出版社的合同，全部给我寄过来，让我与出版社联系。所以这两年，我和韦韬同志的电话打了不少，过十天半个月，总要给他通电话，及时向他汇报全集的进展和有关情况，有时他听到我们的新发现，无论是发现差错还是发现佚文，他都很高兴，连连说："太好了，太好了。"由于新版《茅盾全集》工程浩大，出版方黄山书社编辑、校对十分细致，不能赶进度。他在弥留之际，还关照身边的人，不要去催出版社，他很放心。对韦韬同志的信任，我立刻转告出版社的同志，他们听到韦韬同志的关照，也十分感动。

是啊，韦韬同志，放心吧，我们一定会把您交办的事情办好。7月23日的乌镇追思会上,我看见您的照片,又想起您每次来乌镇时的音容笑貌,我的眼泪再也控制不住了。韦韬同志,您一路走好!

(2013年8月6日《文汇报》)

一个作家的母亲

陈爱珠是作家茅盾的母亲。

任何有成就的人物,在事业上大多有着他母亲的一份心血。这份心血,不是什么艰苦的抄写或什么经济接济之类,而是她以自己的高尚情操去影响、哺育子女,使他们成为有益于人类的人。茅盾的母亲一生养育了两个革命战士,一个是大家熟知的著名作家茅盾,另一个便是20世纪20年代参加革命加入中国共产党的沈泽民同志。

陈爱珠，是清代杭嘉湖乌镇名医陈我如的女儿。出阁前就受到良好的家庭教育。她通晓文史，爱读小说，性情娴静温良而刚强，思想开明而有远见。当她嫁给父亲的学生沈永锡（茅盾的父亲）后，又受其夫勤奋好学的影响，常阅读新出的书报杂志，这在当时封建气氛极浓的小集镇上，是十分可贵的了。1905年，茅盾10岁那年，沈永锡病故。从此，全家人的生活重担沉重地压在陈爱珠身上，上有几老，下有两小全仗她一人操持。但是这个刚强的母亲，没被压垮，她含辛茹苦培养两个儿子进高等学府，又支持儿子走上革命的道路。

这位母亲很有气度，很有远见卓识。茅盾的弟弟沈泽民去南京读书时，母亲专门去买了林琴南译的小说五十种，《西洋通史》和两卷本的《西史纪要》，以及《清史讲义》等书，还语重心长地对沈泽民说："你将来要做工程师，但不能不懂世界历史和中国历史。"在茅盾到了上海商务印书馆编译所后，即1921年，她偕同茅盾夫人孔德沚一起从故乡乌镇来到上海，住在宝山路鸿兴坊。那时，茅盾已加入了共产主义小组，母亲支持他。茅盾在回忆录中曾深情地回忆道："我去出席渔阳里二号的支部会议，从晚八时起到十一时……如果我不把真实事情对母亲和德沚说明，而假托是在友人家里商谈编辑事务，一定会引起她们的疑心。因此，我对母亲说明我已加入共产党，而每周一次的支部会议是非去不可的。母亲听了就说：何不到我们家来开呢？我说：如果这样，支部里别的同志就也要像我那样很远跑来，夜深回去，这也不好。"从此以后，茅盾参加革命活动深夜回来时，"都是母亲在等门"。

沈泽民要辍学去日本学习马克思主义理论，母亲欣然资助儿子去寻求真理，并对茅盾、泽民哥俩说："你们走的路是对的。如果你们父亲不死，说不定他也会走这条路的。"

1933年11月，沈泽民不幸在鄂豫皖苏区病故。老人家痛失爱子，却坚强地说："……他总算做了一点对大家有好处的事情了，不过死得太早一点。他本来还可以多做出一点事情来的。"

陈爱珠早已长逝了,但她却留芳人间。今天,她哺育成长的茅盾同志,已为中国的文学事业做出了巨大的贡献,她老人家如果地下有知,想必含笑于九泉了吧。

(1981年3月8日《文汇报》)

经历战火的《子夜》手稿

作家手稿是研究作家创作及文艺思想的重要资料。然而，作家的手稿又极难保存。特别是经历过动荡岁月的作家手稿，保存至今的寥寥无几。名作家的手稿，更是弥足珍贵。文学大师茅盾的著名长篇小说《子夜》的手稿，历经炮火连天的年代而能完整无缺地保存下来，这连茅盾自己也叹为"奇迹"！

1930年，茅盾从日本回到上海以后，因眼疾、胃病、神经衰弱并发，医生建议他休息，不能写作。于是，茅盾常常去在上海的同乡故旧那里串门聊天,与企业家、银行家、公务员、小老板等形形色色的人物有了近距离的接触,从而产生了"写一部白色的都市和赤色的农村的交响曲的小说的想法"。

茅盾在1931年10月开始动手写作,最初取名《夕阳》,暗喻旧社会的日薄西山,后来,他再三斟酌,决定改为《子夜》。子夜是最黑暗的时刻,也是黎明到来的先兆。从书名的更易中,可以看出茅盾的思想在创作中的深化。应好友郑振铎的邀请,茅盾边写边将手稿交给商务印书馆的《小说月报》连载发表。不料,上海1932年发生了"一·二八"事变,在日寇的轰炸中,上海商务印书馆被摧毁,《小说月报》因此停刊,茅盾交去的《子夜》手稿也化为了灰烬。

炮火的惊扰中,茅盾发现,在"一·二八"事变烧毁的《子夜》手稿,原来是夫人孔德沚抄写的手稿副本!茅盾自己用钢笔书写的原稿仍在家中!茅盾晚年在回忆录里写下了这一细节和惊喜。夫人的贤良淑德,使《子夜》手稿免遭厄运,也为中国现代文学史留下了一笔宝贵的财富。1933年1月,茅盾的《子夜》由开明书店出版单行本,引起社会广泛反响,成为中国现代文学史上的一座丰碑。瞿秋白曾经预言:"一九三三年在将来的文学史上,没有疑问的要记录《子夜》的出版。"躲过劫难的《子夜》手稿,何等珍贵。

茅盾自幼临摹董美人碑,之后逐渐形成自己端庄坚挺、俊秀飘逸的风格和老辣娴熟、淋漓尽致的书体,在"五四"作家中别具一格,深受大家喜爱。茅盾的手稿还有两个特点:一是手稿页面十分整洁,即使涂改,也让人一目了然清清楚楚。当年茅盾习惯写好后就在稿子上修改,修改后就送印刷厂排字,因此,茅盾为了让文化不高的排字工人看得清楚,十分注意页面的整洁。二是书写一以贯之,茅盾的手稿,无论是用钢笔书写还是用毛笔书写,无论几十万字的长篇小说,还是千字短文,书写的字迹一以贯之,首尾一致,保持着一种浓浓的文人气和书卷气,让人看过手稿原件以后爱不释手。

1937年抗战全面爆发之后,茅盾夫妇匆忙中离开工作生活战斗了20年的上海，开始了颠沛流离的战时生活。离开上海之前，茅盾把《子夜》手稿委托给在上海交通银行供职的二叔沈仲襄保管。沈仲襄是茅盾父亲沈伯蕃的胞弟，但是他只比茅盾大10岁，生于1886年。深知手稿价值的沈仲襄，将《子夜》手稿珍藏在自己工作的交通银行的保险柜里，从而使这部现代文学史上的名著手稿平安度过了抗战的烽火岁月。

茅盾去世后，茅盾的儿子韦韬将完整的440页《子夜》手稿捐献给中国现代文学馆永久保存。今天，国人能够看到《子夜》手稿，与茅盾的亲人为保存手稿所付出的心血是分不开的。那是一场漫长的爱与责任的接力。

（2012年8月9日《人民日报》）

茅盾怎样炒冷饭

新中国成立后一直忙于文化行政事务的茅盾，一直想创作小说却没有时间，只好写一些与主管的文化工作、文艺创作有关的短文，包括一些历史阶段配合政治运动中有关文艺思想的文章。1958年，作家出版社约茅盾选编一册谈文艺创作、文艺理论、文艺思想的书，在出版社的劝说下，茅盾同意了，于是有了我手边的这本《鼓吹集》。

他在该书的"后记"说到，自己年轻时"赶任务"

写了不少文章,因为是"赶任务","不暇计及那些文章的工或拙,深刻或肤浅",所以从来不曾把这些论文结集为单行本;"我觉得这些冷饭是没有必要再炒一下的"。但在1958年,茅盾是如何对待这些"冷饭"的呢?他说:"由于同样的理由,当作家出版社建议,将1949年到现在我写的论文结集为单行本的时候,我是颇为迟疑的。但终于同意了,倒不是自以为这十年来的论文写得好,而是因为这十年来我赶任务是最为光荣的。"

  茅盾的这部"赶任务"的集子,不少篇什都是因公务需要而写的,如一些"开幕词",据说茅盾的江浙口音很重,所以即使在北京开会讲话作报告,许多南方江浙人听起来很亲切,但北方人尤其东北人大都不懂。因此,7月初在给长春文艺界演讲时,吉林省文联特地从吉林大学中文系找到两个南方浙江学生郑启幕和翁方颐来做记录。恰巧,翁方颐还是桐乡人。所以在长春工人文化宫大礼堂里,茅盾在上面演讲,讲坛左右各设记录席,两个中文系学生埋头记录。后来收录在《鼓吹集》中的《文艺和劳动相结合》就是这样产生的。

　　虽然是"赶任务"之作，但是有一些文章还是值得一读的。比如1958年茅盾与中国作协李仲旺等用一个月的时间去东北各地考察文化工作，先后在沈阳、哈尔滨等地演讲，其间茅盾一方面为群众的文化热情所感动，另一方面也为群众的文化跃进而忧虑——茅盾感到其表达的方式和写作技巧大成问题，觉得有必要在普及提高上做文章，所以在演讲中除讲了作为一个政府高级官员该讲的话，还尽可能地多讲些写作技巧问题。尤其在编这部《鼓吹集》时，特地颇不合拍地收进一篇40年代写的短文《谈描写的技巧》，似乎想以这种方式来影响当时的文化热。

（2009年1月16日《中国新闻出版报》，署名全重）

名人传记中的讳与不讳

为名人立传，时常碰到的问题，是讳与不讳的问题。我读过的一些传记中，对这个问题的理解和实践，似乎有两种情况。一些有关中国名人的传记或是写外国人的传记，对该讳的不讳，大肆渲染，如政治生涯中的投机过程，感情纠葛中的肉麻描述，相当的工夫用在这些方面以取悦部分读者；而另外一些名人传记，却与此相反，不应讳的却讳了，给人一种自诞生之刻始，事事、处处、件件无一不正确，无一不伟大，无一不清白的信号误读。

其实，该讳的不讳，不该讳的乱讳的现象，是当今名人传记写作中由来已久的问题。

我在写《茅盾传》（东方出版社1996年出版）涉及传主感情世界时，同样也碰到了这个问题。众所周知，茅盾是20世纪一位伟大的文学巨匠，又是迄今为止在位时间最长的中华人民共和国文化部长，因此，面对这样一位感情世界本来就神秘的传主，如何把握他的感情历程需要作者做出抉择。但历史却明明白白地告诉我，早年，在茅盾30来岁时，大革命失败了，他怅然上庐山，茫然不知前途如何，只好潜回上海，却又受到蒋介石的通缉，只能闭户写小说，在小说世界里寄托自己的心灵感情。1928年夏天，茅盾决定去日本做流亡客时，邂逅秦德君女士，便一起流亡日本。在海上旅途中，近10岁的年龄差异缩小了，共同信念上的挫折，感情世界的不同经历，周围环境的变化和寂寞，在飘零中引起共鸣。所以，茅盾和秦女士到日本后不久，便同居了。对这桩"私案"，是讳还是不讳，我认为，不能为尊者讳。如果一本传记连传主的这么一个重要事实也隐而不写，实在难以向世人、向后人交代。

但是，不为尊者讳，并不是要津津乐道或加以渲染夸张，而是实事求是地还历史的本来面貌。茅盾和秦德君女士在日本同居，有诸多原因，首先是偶然性。尽管秦女士曾听过茅盾的课，但在当初两人心里都没有留下很深的印象，后来兵荒马乱中，两人也没有那种"牵挂"，因此，去日本时，完全是偶然相遇并同行，这同样注定二人间仅仅是"一段情"。其次是当时时代环境的影响。在五四运动以后相当一段时间里，经过"五四"洗礼的青年男女，信念、革命、主义等概念远在男女贞操之上，甚至有的时代女性和时代男性把生活浪漫当作打破封建礼教的一种时尚，那时，流亡流浪中的男女同居何止几个名人？因此，茅盾和秦女士在日本同居，放在20世纪20年代这个文化、政治、道德背景里，即使在他们的个人生活史上，也仅是浪花一朵而已。最后是个人感情、生活的孤独性。茅盾和秦德君都经历过大革命前后的轰轰烈烈，一直都处在革命的浪潮里。大革命失败后,个人生活层面的热度骤然降到零度,这对茅盾和秦女士都是沉重的打击,犹如一叶孤舟,游离于浪潮之外。到日本后,孤独的生存状态依然没有改变,空虚,空虚到寂寞!人在寂寞中是极盼得到慰藉的,茅盾和秦德君女士同样不例外,况且秦女士非常丰富的生活经历,也能给小说家茅盾许多灵感和素材,因此茅盾和秦德君在日本同居是非常时期的平常事。基于这样的想法和认识,我在《茅盾传》中不隐讳地写了茅盾和秦德君在日本同居那段生活。书出版后,得到读者肯定,因为茅盾也是人啊。

至于一些一面之词或道听途说的"花絮",自然只能听后一笑,是无法写进传记里去的。因为我一方面是面对着一位已经逝去,无法再起来替你信证的传主,另一方面又面对着后人,面对着健在的当事人。所以,传记写作中讳与不讳,都要面对事实,对得起历史。

(1997 年 8 月 9 日《人民日报海外版》)

走进茅盾的儿童作品世界

——读茅盾《大鼻子的故事》

最近集中时间读了一些现代作家的优秀儿童文学作品,发现经典之树常青,经典作品的鲜花永远鲜艳,过去忽略的一些大师作家创作的儿童文学作品写得真好。在他们的这些作品里,内容风清气正,故事情节曲折,想象丰富,是非清楚,给人以向上力量的同时也给人以美的享受,让人充分感受到这些作品的真善美和作家的社会责任感。最近出版的文学巨匠茅盾的儿童文学作品集《大鼻子的故事》就是这样一部作品。

《大鼻子的故事》是由人民文学出版社、天天出版社出版的茅盾作品集，是"中国现当代名家儿童文学典藏书系"的一种。茅盾的作品集已经出版很多，但是这部茅盾作品集别具一格，集中收入了茅盾20世纪30年代创作的优秀的儿童文学作品，精心挑选了茅盾八篇童话、六篇神话、三篇小说，都是茅盾当年有意为之的作品，在茅盾的文学宝库里有着重要意义。

我们知道，茅盾是从编写童话开始走上文坛的。从北京大学毕业以后，茅盾进入上海的商务印书馆，在孙毓修先生的带领下，开始翻译和编辑西方的科学小说和中国童话、寓言和神话。经过多年的训练和努力，茅盾不仅积累了丰富的创作经验，而且创作出不少充满着传奇色彩和丰富想象力的童话作品，充满智慧的劝人为善。《狮骡访猪》告诫青少年不要轻信坏人的花言巧语，不要帮助坏人干坏事，否则，会和坏人一起被关起来。《傲狐辱蟹》中骄傲的狐狸败在螃蟹的智慧里，告诫青少年不要骄傲，要用脑子想事情做事情。《驴大哥》中的"动物"在被人遗弃后，团结起来，自食其力，很有点革命意味。而《狐兔入井》中讲述了一个偷懒一个贪财的动物，结果都经历了一场生与死的危险。茅盾早年写过几十个童话，营造了一个充满智慧、充满想象、是非好恶非常鲜明的童话世界。这本书中精选几篇茅盾早年的童话，可以感觉到茅盾的艺术创作才华。

至于茅盾创作编写的神话，是茅盾早年在商务印书馆工作的时候的主要贡献之一。而且茅盾对欧洲的神话有很深的研究，专门写过神话研究的专著，编写过大量的欧洲神话故事，这些神话故事，同样充满着想象力，赞颂真善美，揭露假丑恶，鞭挞贪得无厌的社会现象。如《为何海水味咸》，就是鞭挞那些贪得无厌的国君，什么都想得到，什么都要，越多越好，最后自然落得一无所有的下场。综观茅盾的神话作品，气势宏伟，场面开阔，天地宇宙，山川河流，曲折动人，正邪是非善恶分明，非常适合青少年阅读和思考。

茅盾的小说是与社会发展紧密相联的，茅盾的

《蚀》《子夜》《林家铺子》《春蚕》《腐蚀》等小说，宏大的叙事，深刻的剖析，精彩的故事，都是20世纪社会历史的艺术缩影。如果我们要了解中国20世纪经济社会，不能不了解和阅读茅盾的小说。20世纪30年代是茅盾一生创作的黄金时期，他的许多作品都是直接反映社会生活，反映生活中的矛盾和冲突，从生活的反映中揭示阶级矛盾的尖锐性和复杂性。这本书里选的三篇儿童文学作品，同样也是茅盾在这个时期创作的优秀小说。《大鼻子的故事》是茅盾写于1936年5月，发表在《文学》杂志"儿童文学专号"上的一篇儿童小说。故事描写了一个流浪儿大鼻子在上海整天踯躅于街头，露宿在厕所外面的角落里，受尽了饥寒的折磨和种种无端的凌辱。但是大鼻子对周围正在发生的社会大变化全然不知，他只有求生的欲望，在流浪的生活里他也有阿Q精神，但是在成长中也逐渐知道是非。终于在偶然的一次爱国示威游行中，大鼻子看到了爱国学生与巡捕搏斗，明白了谁是好人，于是他也兴高采烈地挥着小旗子，跟大家一起喊出了："打倒日本帝国主义！"这篇小说对儿童心理的刻画十分深刻和真实。据说后来茅盾在长沙第一次见到徐特立时，徐特立对茅盾这篇《大鼻子的故事》"大加赞扬"，认为小说对儿童心理刻画十分成功。茅盾的这篇小说和张乐平先生的《三毛流浪记》有着异曲同工之妙，同样是现代文学史艺术史上的经典。而《儿子开会去了》则是茅盾以自己儿子参加游行一事为题材创作的儿童小说。小说的寓意很明确，按照茅盾的说法，就是"老一代曾在五四运动的感召下经历了革命的暴风雨，现在年青的一代又在新的感召下冲向街头了！这就是中国革命的接力赛"。由于茅盾对自己儿子的观察十分深刻，所以写出来的小说十分生动，尤其是父母对儿子参加革命的游行活动的心理变化过程，写得既含蓄又紧张和揪心。而儿子呢，去游行，又显得无所畏忌，有一股勇往直前的勇气，一点都不感到紧张，只有兴奋。父母看到儿子的今天，又想到自己 11 年前的今天，心中涌起一种希望和欣慰。茅盾曾经说过："小说中的儿子就是我的儿子，他那时是小学六年级的学生。"茅盾的儿子沈霜，小名阿桑，1923年2月出生在上海，由于家庭革命氛围的影响，他很小就和姐姐沈霞一起在家里偷偷地唱《国际歌》，茅盾写这篇小说时，他还只有13岁，正在上海曹家渡时代小学读六年级。后来沈霜一直在茅盾身边生活，40年代在延安加入中国共产党，之后改名韦韬，新中国成立后长期在军事部门工作；茅盾去世后，他提前离休，从事茅盾遗作的整理和研究，2013年7月在北京去世。所以，《儿子开会去了》真实地记录了当时发生在茅盾自己家里的一件事，而且真实细腻地再现了曾经发生过的某个历史情景。

茅盾在同时期写的另一部儿童文学作品是中篇小说《少年印刷工》，这是茅盾在30年代为开明书店《新少年》杂志量身定做的一部小说，讲述了一个失学少年通过劳动成长为一个印刷工人的故事。长期在编辑出版领域工作的茅盾，对印刷工人的情况是十分了解和熟悉的，知道他们的成长过程，了解他们的坎坷，而且茅盾认为，印刷工人是工人阶级中最有可能接触先进思想和知识的一个阶层，一旦他们了解了社会的真相，也最有可能成为革命的一分子。小说中的赵元生就是这样一个从印刷学徒成长起来的革命者，他从造纸厂到印刷厂，在排字过程中接触到进步报刊，从中接受革命思想的熏陶，最后和一个叫"老角"的革命者走了，走上了他自己应该走的道路。《少年印刷工》这部中篇小说，在茅盾生前一直没有出版，虽然有过几次的出版机会，但是茅盾都没有让出版，直到1982年，才出版单行本。因此，这次收入并出版，对少年儿童读者来说，很有意义。

有人说，文学是人学，其实在我看来，文学就是讲述如何做人做事。茅盾的这些儿童文学作品，是茅盾创作中的最富有教育意义的作品之一，是茅盾作品中的经典。这些经典所反映的年代虽然已经过去，但是经典之树常青，经典作品的思想依然鲜艳，对今天的青少年如何做人，如何在人生的曲折中做一个正直的人，仍富有启迪意义。在这个意义上看，《大鼻子的故事》

以及这套"中国现当代名家儿童文学典藏书系"的出版,不仅及时而且有益于当下的世道人心。

(2013年11月1日《中国新闻出版报》)

想当然,也应想一想

红军女将张琴秋的传奇往事,一直是广大读者感兴趣的故事。

20世纪80年代,当时纺织部约请谢燕先生写过一本传记《张琴秋的一生》。谢燕先生通过大量的调查和走访,收集到不少珍贵资料,终于写出了张琴秋一生的大略行踪,为读者留下了一个可亲可敬的中共党员、革命前辈的形象。2006年1月,长征出版社又出版了一部《海琴秋韵——张琴秋传》,这部传记的出版面世,对关心张琴秋这位巾帼英雄的读者来说,确是好事,又可从不同作者笔下去领略张琴秋这位红军将领的风采和共和国建设时期张琴秋的勤勉。但是,写张琴秋在故乡石门振华女校一节中写到茅盾夫人孔德沚以及茅盾时,却显得太想当然了,将茅盾的婚姻状况完全写错了,说茅盾夫人孔德沚结婚后去振华女校读书只有"十三四岁",说"姑爷(茅盾)自小念书,如今已升中学去了杭州……"真是太想当然了。这里先看一下这一节文字:

  第一天上课,老师款款地走上讲台,拿出名册,嘱咐道,点到谁的名字谁就起立应一声"到",然后鞠个躬再坐下去。张琴秋记住了坐在她后面一排的女生名叫孔德沚。孔德沚年纪稍长,十三四岁,显得庄重而沉稳,没几天,同学间就熟识起来,孔德沚和张琴秋性情相投,很合得来。又由于钱青是张琴秋的表妹,三人之间你来我往,接触自然多起来。孔德沚天然一副以长为贤的姿态,因此琴秋和钱青都亲切地称她为沚姐。但别的同学明里暗里都称她新娘子,虽没有恶意,却总使孔德沚有些不好意思。

孔德沚确实是个新娘子,是刚过门不久的沈家媳妇。乌镇的沈家是个开明的家庭,姑爷自小念书,如今已升中学去了杭州,婆婆无意把一个小小的人儿拴在家里,恰值振华女校开办,婆婆就撺掇着媳妇,说,去吧,也念书识字去。既是女校,也就打消了婆婆的顾虑和其他一些不必要的担心,都是女孩在一起,对她来说,和婚姻具有同样的吸引力。尽管是个新娘子了,可从年龄上,毕竟还是个十来岁的小姑娘。

这里的"添藻"描述暂且可以忽略不计,作为传记文学,这种"言语对答"的描述,只要是在真实历史语境里,完全可以想象并用文学笔法去描述,但在关注张琴秋这传主的同时,却在对孔德沚、茅盾的婚姻的描述上,太想当然了,没有再想一想,以致错讹得让人发笑。因为说孔德沚"十三四岁"当新娘子,并去振华女校读书,说茅盾结婚后去杭州读中学,着实让人惊讶。

其实,如果想当然后再想一想,或者稍为查看一下史料,就不会出现让人惊讶的差错。

我们先看茅盾回忆录。茅盾回忆录《我走过的道路》上册里,专门有一节"我的婚姻",回忆自己是1918年春节后在乌镇与孔德沚结婚后,大概是1918年春季孔德沚到石门读小学,即进振华女校,茅盾说:"我回上海不到两个月,母亲来信说,德沚到石门湾(镇名,简称石门或石湾,离乌镇二十里,当时属崇德县,来往坐船),进小学去了。"在振华女校,孔德沚确是与张琴秋等同学,但不是"十三四岁"。据有关资料,孔德沚于1897年9月出生于桐乡乌镇,比茅盾小一岁,那么,1918年结婚后去石门振华女校读书已是21岁。而姑爷茅盾结婚后去杭州读中学,同样也是一个常识性的史实错误。稍微了解茅盾生平的人都知道,茅盾是1913年从杭州安定中学毕业后考取北京大学预科的,

1916年北大预科毕业后，于同年8月进上海商务印书馆，所以，茅盾1918年春节回家结婚时，离杭州读中学相去五六年了。因此，茅盾不可能是在中学生时代结婚的。

写传记，涉及与传主相关人物的史料，尤其是基本史料上还是不要想当然为好，即使想当然，也应想一想。否则，再过一两百年后的学者们还要去考证事实已经清楚的茅盾夫妇的出生年月呢。

（2009年7月31日《中国新闻出版报》）

想起了丰子恺教儿歌

丰子恺的道德文章以及他的佛心、童心、孝心、善心，在中国文化界是有口皆碑的。殊不知，丰子恺在青年时代就注重爱心、孝心教育，而且与他后来在各门艺术中取得的成就，有一脉相承的关系。

1916年前后，丰子恺在浙江一师念书时，每逢暑假，便回故乡石门，到自己姐姐创办的振华女校教书。在教学中，丰子恺不断启发学生的童心和孝心。据当时丰子恺的学生、现在同济大学教授钱青回忆，当时丰子恺在振华女校讲课时，曾教过两首充满童趣和孝心的儿歌，一直深深地印在她的脑海里，其一是：

"猫儿坐在太阳里，眼睛布线细；猫儿走到暗洞里，眼睛放大亮些些，好像黑围棋；猫儿抱在我手里，面孔笑嘻嘻；猫儿张爪挈脱去，抓破了我新衣。"歌词形象生动，既传播了科学的道理，又显得童趣盎然，很合儿童口味。

另一首是这样的："乌鸦乌鸦对我叫，乌鸦真孝。乌鸦老了不能飞，对着小鸟啼。小鸟朝朝打食归，打食归来先喂母，母亲从前喂过我。"这首《乌鸦歌》，十分流畅，而且有童趣，有孝心，儿童在反复吟唱中，慢慢地受到孝的教育和爱的教育。

说了"丰子恺教儿歌"的旧事，我忽然想到：现在我们生动活泼、适合儿童口味的好儿歌实在太少了，而有此热心的人不就更少了吗？

（1994年3月1日《羊城晚报》）

百年之际溯童年

我曾在1992年5月30日至11月13日《嘉兴日报》连载过一部分丰子恺青少年时代的故事，终于在朋友们的支持和鼓励下，在丰子恺诞辰百年之际由花城出版社出版了我写关于丰子恺的一本书。这是我写得最快而出得最慢的一本书，记得当时几乎是一口气写下来的，而且自我感觉良好。写好后一方面由《嘉兴日报》连载，另一方面即交出版社，编辑看过稿子后，觉得不必大动即可出版。于是，作为作者，我便开始漫长的等待。

等待是心焦的,一年过去了,传来要发排的消息,结果仍是不见动静。此时,我已无暇顾及这本小书,正忙着另外几本书的写作。结果,一晃便搁在出版社六年。直到今年夏初,出版社人事更迭,好心的编辑一脸无奈地告诉我,退稿。

攥着在出版社躺了多年的书稿,百感交集。回想起当年在桐乡工作时,白天一天奔波劳累之后,在灯下静静地读着丰子恺那清新朴素的书,作着艺术的休息和充实,一方面又寻觅着丰子恺童少年时代的踪迹。尽管当时能常去石门缘缘堂丰桂老师那里,但我仍一封接一封地去信求教,而书写好后,我就将这些信稍加整理,以访谈录的形式发表在方伯荣先生主编的学报上。书稿完成后,趁丰一吟老师回故乡时,让她在旅途劳顿中拨冗审阅。没有几天,她在离开石门回上海时,将书稿退给我,并将意见写在信封上——至今我仍保存着她短短的几句鼓励和意见。回忆往事,至今仍觉温馨和感奋。

现在从出版社拎回来的书稿已经发黄,有几页已经变脆，我又修改一遍，发现书稿的字里行间那个聪明伶俐英俊而悟性极高的童少年丰子恺形象依然鲜活！丰子恺童少年时代的伙伴们如复生哥、五哥等仍和鲁迅童年的闰土一般快活和清纯，也有癞六伯、阿三、阿庆的形象依然那样憨厚淳朴及土气，还有石门的清明节，清明大如年的风俗，还有石门的过年，从腊月廿三到正月十五，这轰轰烈烈的年节，犹如儿童的狂欢节，等等。当时石门风貌仍然清晰可见，人们的笑声、骂声依稀可闻。尤其是丰子恺的早慧及悟性，仍让世纪末的人们眼睛一亮，他那画家的天性，艺术家的悟性，如果一味扼杀，恐怕在后来就会少了一位艺术大师！但当时老师的温而厉，当时县督学的慧眼，让少年丰子恺的艺术天才得到催发和护爱！因此，朋友们在看了书稿后，依然一片热忱，鼓励出版，说这书对现在的青少年有用！我想也好，为这本书稿，已等了六七年，尤其是在出版既繁荣又艰难的今天，再等恐怕也于事无补。自己又看了一遍，所自信的，不敢说对江山社稷有用，但敢说对青少年读者不会有害，相信看过以后有上进心的人都会会心一笑，一代艺术大师的青少年时代如此平凡而又不凡！

当这本薄薄的小册子油墨飘香地放上我的案头时，一种友情的温馨又溢满我的书房。我要谢谢所有支持过这本书的朋友，也包括百忙中为此小书作序的何志云先生。

（1998年11月9日《嘉兴日报》）

丰家给我感动的回忆

20世纪80年代，经过"文革"十年后，桐乡文化名人的后人陆续与家乡的文化部门建立了联系。当时，在改革开放的背景下，桐乡的经济在嘉兴市及浙江省里已经名列前茅，经济总量在嘉兴市是数一数二，后来还超过海宁，在浙江省也在前十位之内，所以经济的发展也让桐乡县（现为桐乡市）的各级领导对"文革"以后的文化复兴充满信心和期待。因此，一些桐乡走出去的艺术大师及其后人回家乡走走看看，常常受到家乡人们的热烈欢迎。80年代开始，茅盾的儿子韦韬先生回来了，徐肖冰夫妇回来了，钱君匋先生回来了，金仲华的子女回来了，陆费逵先生的后人回来了，丰子恺先生的子女回来了……这些桐乡籍的大师以及大师的后人常回家乡走走看看，给桐乡文化的繁荣和发展带来不可估量的影响。不久，茅盾故居修葺后开放了，默默无闻的乌镇因茅盾而名闻遐迩；石门湾的缘缘堂重建了，石门湾也成为艺术家向往的艺术圣地，国内外慕名拜访石门湾缘缘堂的人络绎不绝；钱君匋先生捐献数千件文物而建造的君匋艺术院落成了，成为桐乡80年代"三只金凤凰"之一；后来侯波徐肖冰摄影艺术馆（今为徐肖冰侯波纪念馆）、陆费逵图书馆、严独鹤图书馆、金仲华故居相继在桐乡这个不大的地方建成。这些或大或小、或冷或热的文化设施，让世人对桐乡刮目相看！笔者有幸参与和经历了桐乡这个经济文化的发展过程，而在这个过程中，当时健在的大师和已经过世的大师后人们的精神和他（她）们身上体现出来的那种家风文化让我深深地感动，这里，限于篇幅，先说丰家。

在一代艺术大师丰子恺先生的子女中，因工作关系我都见过、接待过，但是几十年来一直保持联系的，是丰子恺先生的小女儿丰一吟老师。

记得1984年开始重建石门湾缘缘堂以后，我在工作上常常与在上海的丰一吟老师联系。为了工作，有时是她们来桐乡，有时是我们去上海。在我的印象和感觉中，丰家子女待人接物都很谦虚诚恳，交往中充满了对家乡人的信任。所以，我们与丰家人交往，感到很轻松，见面时，有事说事，没有客套。有一次，我与文化局的同志去上海，专程去漕溪北路丰一吟老师家里拜访。我记得好像她家住在十三楼，当时我们想，丰一吟老师住得真高，因为当时桐乡还没有十多层的住宅。在丰一吟老师的家里，我们见到一位清癯的长者先我们而在，丰一吟老师给我们介绍：这位是苏州费新我先生。啊，原来是大名鼎鼎的费新我先生！见过面以后，我们就和丰一吟老师说一些事，说完工作已经快到中午，丰一吟老师还请胡治钧先生陪我们去吃饭。后来，我兼任文化局长，所以在工作上与丰家的联系更多了，我感到丰家对桐乡有关丰子恺先生的活动等始终充分尊重，对活动安排等具体事务从不指手画脚，而且有求必应，尽量为我们的工作提供方便。他们对公务如此，对我的个人爱好也非常支持。80年代末，我写了一本丰子恺的青少年时代的小书，稿子写好以后请丰一吟老师帮助把关指点。当时她非常忙，但还是非常认真地看完书稿，并把意见写在装稿子的信封上，让文化局的同志转给我。至今，二十多年过去了，当年写着丰一吟老师意见的信封我还保存着。后来，这本小书在花城出版社出版。前几年，河南的海燕出版社又重新修订再版。因为丰家为人处世的诚恳和丰子恺先生的艺术魅力，我开始研究丰子恺先生的艺术成就和贡献，这中间，我常常要向丰一吟老师请教。但凡我去信请教，她都及时回信；现在她年纪大了，我有时用短信向她请教，她也总是及时回复；碰到有些史实因为年代久远，她也不一定知道了，她也如实告诉我，并表示歉意。这时，看到这样的短信，我往往汗颜不已！其实，表示歉意的，不应是她而应该是我。前年，我在与她联系时，希望她到杭州时告诉我一下，以便让我尽地主之谊。不料，她回短信给我，说："我不能答应你，我现在什么时候去杭州还不知道，即使去了杭州，如果忘了告诉你，岂不是我失信用了？"看到这条短信，我被丰家后人的这种守信的家风所感动。现在，丰一吟老师在上海安享晚年，我想我们应该克制自己，少去打扰她，祝愿她快乐、健康、长寿！

（2016年12月9日《河南日报》）

钱君匋和他的君匋艺术院

钱君匋先生晚年最得意的两件事之一,就是在他故乡浙江桐乡建立一座五亩多地的君匋艺术院。建院十多年来,上至中央首长,下至当地村童,都曾感沐过钱君匋先生一生积累起来的艺术瑰宝的熏陶。

桐乡县(现为桐乡市)不大,但在中国现代文化史上,出了不少名人,茅盾、丰子恺、钱君匋、严独鹤、金仲华、陆费逵及中共早期领导人之一沈泽民等,可谓群星灿烂。而十年前县里拨百万巨资建君匋艺术院,又是当地政府的一件善事盛举，时人将乌镇的茅盾故居、石门湾的丰子恺缘缘堂和梧桐的君匋艺术院誉为桐乡"三只金凤凰"，成为人民景仰的文化殿堂！当时，钱君匋先生将自己毕生收藏的文物手稿悉数捐给故乡，而故乡以他的名字建馆永久保藏，造福乡梓，遗爱子孙。

这在当时，钱君匋先生捐文物并以自己名字命名艺术馆的意义并不仅仅在捐献文物，而是在现代中国开了一个以健在的艺术家命名艺术馆的先河！在君匋艺术院建立之前，没有听到哪位大艺术家这么做，这之后恰似雨后春笋，不少知名艺术家纷纷在自己认为适当的地方以自己的名字建起艺术馆，将自己一生心血收藏和创作的艺术珍品奉献给社会，还给历史，成为20世纪下半叶一道让人称道的风景线。所以，走进这所占地五亩多的艺术殿堂，让人感受到的不仅仅是让人心醉的艺术氛围，还有比这层次更高的历史意义。

徜徉在君匋艺术院，还强烈感受到钱君匋先生的个性气质——现代、严谨和不懈追求。当初，君匋艺术院设计稿经钱君匋先生审定之后，我们都有些不解，在县城里造那么个富有现代派色彩的建筑，后人能接受吗？后来读过钱君匋先生的一些作品后，才体会到这座建筑的审美价值和存在价值，也深深感悟到钱君匋先生的一种不懈追求的精神。现在不仅接受了，而且有一种常看常新的艺术感受。钱君匋先生年轻时写过不少现代派诗作，对艺术的追求总是跑在艺术发展的前头。因此，君匋艺术院的造型、色彩、线条、空间设计，无不浸淫了钱君匋先生的艺术个性和追求精神。

斯人已逝，艺术永在。钱君匋先生开创的君匋艺术院及其所藏的艺术瑰宝必将哺育出众多的艺术人才，造福人类，造福新的世纪。

（1998 年 9 月 19 日《团结报》）

先生远去，瞬间永在

——怀念著名摄影家徐肖冰

10月28日得知徐肖冰先生去世的消息，我的脑海顿时一片空白。虽然徐肖冰先生已经93岁高龄，但是在我的印象中一直是个健康健谈的长者，今年举国上下庆祝新中国成立60周年的前夕，他还接受中央媒体的采访，在镜头前回忆60年的往事呢。徐老的突然逝世，令我非常震惊和悲痛不已！因为再也听不到徐肖冰先生带着浓厚乡音的亲切话语了。

因为有幸与徐肖冰先生为同乡，在最近的几十年间有了更多的接触和交往。20世纪80年代，徐老常常有机会回到生他养他的故乡，参加各种活动，举办各种摄影展览，走访故里的亲朋好友，所以我常常有机会听到徐老有关摄影的种种回忆，有关坎坷经历的记忆。他16岁离开故乡去上海谋生，跌打滚爬，在当时上海的新媒体公司学摄影，拍摄《十字街头》《马路天使》等电影时，认识了一批如夏衍、阳翰笙等进步文艺人士。抗战前夕徐肖冰和吴印咸去了山西，在那里领略了八路军的风采，在周恩来的亲自批准下徐肖冰穿上了八路军的军装，成为革命队伍中的一员。当徐肖冰带着吴印咸送的照相机和从西北电影公司借来的摄影机走进延安后，我们党自己的电影工作者队伍不断壮大，袁牧之、吴印咸、李肃、徐肖冰决定拍摄纪录片《延安与八路军》。出发前，人民领袖毛泽东在杨家岭专门宴请他们，可见当时电影事业在高瞻远瞩的人民领袖心中的位置。

后来，整个抗日战争期间，徐肖冰一直在抗战前线出生入死，拍摄和记录着民族英雄浴血奋战的瞬间，今天我们从徐肖冰留下的珍贵照片和影像资料中，依然可以看到中华民族的不屈和伟大。解放战争期间徐肖冰和夫人侯波奔波在东北解放区，记录了东北土地革命、农民翻身解放的历史瞬间。在开国大典的天安门城楼上，徐肖冰和侯波一个拿着摄像机，一个拿着照相机，一起记录新中国诞生的辉煌时刻。

新中国成立后，夫人侯波进了中南海成为中央领导的专职摄影师，而徐肖冰则在新闻电影事业中继续发挥自己的聪明才智，不久又在电影厂担任领导等，但是在1978年之前的故乡却很少有人知道。直到1981年徐肖冰夫妇回到先生的故里探亲，故乡的人们通过各种渠道才渐渐知道徐肖冰过去的经历，人们对从家乡走出去的摄影大师充满了敬意，后来徐肖冰几乎每年都要回故乡举办展览或参加活动。晚年的徐肖冰对江南故乡魂牵梦萦，他曾深情地说过："我不止一次地在梦中回想起小时候划过船的水乡，我摘过桑葚吃的桑园，还有我第一次看到电影的乌镇。"

20世纪90年代初，徐肖冰的故乡建立了"侯波徐肖冰摄影艺术馆",让这两位摄影艺术家的精神和影像资料世代相传。在此之前,徐肖冰、侯波的大型画册《路》在家乡出版社出版,引起上至中央领导下至普通读者的极大关注,不少读者是含着眼泪看这些珍贵图片的。后来在大江南北的不少城市里,都留下了两位摄影家为弘扬中国共产党的光荣传统不遗余力的身影。

耄耋之年的徐肖冰依然热心于他力所能及的每一件事情,无论是国家重大活动还是艺术界、新闻界有什么需要,他都慷慨而为。熟悉他的人都担心他的身体,希望他颐养天年在家静静地休息。每一次看到他那硬朗的身影出现在镜头里时,大家既高兴又担心,但每次见到他握手时那么有力也就放心了。我们相信经历过苦难的徐肖冰先生百岁是可期的。大前年,我为了写《侯波徐肖冰——瞬间与永恒》,专门向他们汇报,他们的谦虚和支持让我感动,他们提前帮助我整理出自己的生平照片等我去挑选。当我写好几万字的书稿寄给他们看时,一收到书稿,徐老就给我打电话,告诉我"文革"

中他们全家的经历,并且很快将书稿修改后寄还给我。我看到徐老修改的书稿中,把"大师"的称谓给删去了。他的谦虚固然让我感动,但是,徐肖冰是真正的艺术大师。2006年的12月22日,人民大会堂灯火辉煌,中央领导为徐肖冰颁发"中国摄影大师"的金质奖章。徐肖冰是当之无愧的。

徐老,您走好,我们永远怀念您。

(2009年11月9日《人民日报》)

徐肖冰和他的《不能忘记他》

在纪念毛泽东同志《在延安文艺座谈会上的讲话》发表四十五周年的日子里,延安时代的文艺老战士,著名摄影家徐肖冰、侯波来杭州举办影展,给我们送来了气势磅礴、壮观感人的艺术珍品。展出的二百多幅照片,再现了延安时代充满革命乐观主义的生活场面,展示了中国革命光辉而艰苦的历程和祖国的大好河山,给人以奋发向上和美的启迪。

在这些作品中,有一幅徐肖冰1940年拍摄的照片——《不能忘记他》：一位年轻的战士，在攻坚时牺牲了，战士的头枕在往上攀登的手臂上，鲜血正沿着带有稚气的脸往下淌……他静静地伏在攻城的梯子上，仿佛在期待着胜利的明天。正是这样一幅震撼人心的作品，一经展出，立刻牵动着老一辈和年青一代的心，震撼着每个观众的心灵。文艺界老前辈林默涵同志看到这幅照片后动情地说："不能不感到心的震颤。没有他们的壮烈牺牲，就不可能有我们今天的幸福生活，这是千万不能忘记的。"徐肖冰同志谈起这幅作品时，带着无限崇敬的感情说："当初我在枪炮声中拍摄这帧照片时，烈士殷红的血还是热的，还在往下淌。现在，近半个世纪的时间过去了，每当我看到这幅照片时，当时的情景历历在目，感到烈士的鲜血仍是热的。我们不能忘记他。"

是的，当我们驻足在《不能忘记他》的照片前，对这位为今天幸福生活献出宝贵生命的年轻战士致以崇高敬意时，我们不能不感谢冒着生命危险给我们摄下这份传统教育好教材的徐肖冰同志。

(1987年6月13日《浙江交通报》)

只付过 12 元学费的陆费逵

近日读陆费逵先生的一些著作时，才知道陆费逵先生这位当年堂堂中华书局的创办人，当过 30 年的中华书局总经理，著名的出版家，竟然一生只付过 12 元的学费！一生的辉煌成就、渊博的学识，都是通过刻苦自学而得来的。他在《我的青年时代》一文中曾评述自己的自学精神：

> 我幼时母教五年，父教一年，师教一年半，

我一生只付过十二元的学费。到十三岁,读过《四书》、《诗经》、《书经》、《易经》、《左传》、《唐诗三百首》六部书,没有造过句,没有作过文。因为先母主张多读多看,反对挖空心思作八股,并反对作疏空的论说;却学过珠算,看过《纲鉴》,我十三岁正是戊戌年,我那时勉强能看日报和时务报,有点新思想了,和先父的思想不免冲突;先母却赞成我的主张,于是便不照老式子读书,自己研究古文、地理,后来居然自习算学,并读格致书了。那时随侍在南昌,有一个阅书报社开办,我隔日去一次,午前九时去,午后五时出来。带一点大饼馒头作午餐。初时尚有阅者二三十人,后来常常只剩我一人,管理员也熟了。他便将钥匙交给我,五大间藏书,好象是我的了……照这样做了三年,学问渐渐进步,文理渐渐通顺,常识渐渐丰富。十七岁——实在未满十六岁——便教书。从十七岁到二十六岁,每日早六时至八时,一定自修,晚间也差不多总是自修或编撰。

正是这种勤勉，让陆费逵先生终成大家。

陆费逵先生1886年生于陕西汉中，祖籍浙江桐乡，乾隆年间修《四库全书》时的总校官陆费墀先生是他的先祖，所以，渊源的家学和陆费逵先生的聪颖和刻苦让他自幼兴趣广泛，12岁喜欢绘画，14岁为邻居画四幅条屏，邻居装裱后悬于堂前，陆费逵的父亲还不相信是自己的儿子画的，让年少的陆费逵得意很久。后来又自学算术，买了《算学笔谈》，每天早晨用功两小时，用四十天时间学完整数、小数、四则、开方。17岁时又学日文，据说当时老师吕星如对他说，人家已学了两个月，听说你很聪明，很用功，我多教点，让你用两个星期时间赶上来，陆费逵点点头。于是，吕老师第一天将全部日文字母拼音及会话四句让陆费逵学，结果，陆费逵一个通宵全部记住，第二天背给老师听。吕星如老师高兴地说：我的硬教育成功了！后来陆费逵又喜欢文学，19岁写《岳武穆传》，写小说《恨海花》。1912年元旦，26岁的陆费逵与戴克敦、陈寅、沈颐、沈涵方等在上海创办中华书局，并任局长、总经理。从此，陆费逵青少年时代刻苦自学的历史、地理、算术、日语、英语等在日后事业中发挥作用，陆费逵与中华书局一起发展一起成长，他任中华书局总经理长达30年，出版二万余种书，其中有《中华大字典》《古今图书集成》《辞海》等名垂青史的书籍。陆费逵将自己的一生都奉献给中国的出版事业。

所以，20世纪30年代，上海滩上曾有人将陆费逵和爱迪生、高尔基、叶澄衷、杨斯盛放在一起，认为是自学成才的典范。陆费逵在1922年第二期《中华书局月报》上谈到自己的成功，总结了三条，颇有意思，他说："第一，专心。我有许多机会可以做别种商业和入政界，但我始终不为所动。第二，忍耐。近十年来，无论怎么样我都忍耐得住。第三，不失本来面目。我从小到现在总不断地看书，不阔绰。"正是这三条，让陆费逵先生成就了大事业。

历史在发展，高科技的今天需要高学历的人才，但同样需要自学成才的人才，陆费逵只付过 12 元学费而成为一代出版大家的事实，是不是也给我们倡导人才强国的今天许多启迪呢？

（2004 年 6 月 21 日《学习时报》）

鲁迅《偶成》与嘉善

鲁迅到过嘉善吗？没有。那么怎么能做《鲁迅〈偶成〉与嘉善》这篇文章呢？且慢，鲁迅确确实实与嘉善有点儿关系。

1933年9月20日那天，有名的上海《申报》上有一则报道嘉善的地方新闻。消息说："本县大窑乡沈和声与子林生，被著匪石塘小弟绑架而去，勒索三万元。沈姓家以中人之产，迁延未决。讵料该股帮匪乃将沈和声父子及苏境方面绑来肉票，在丁栅北，北荡滩地方，大施酷刑。法以布条遍贴背上,另用生漆涂敷,俟其稍干,将布之一端,连皮揭起,则痛彻心肺,哀号呼救,惨不忍闻。时为该处居民目睹,恻然心伤,尽将惨状报告沈姓,速即往赎,否则恐无生还。帮匪手段之酷,洵属骇闻。"

不料,《申报》上的这则消息引起了以疗救人们痛苦为己任的鲁迅先生的注意。在看到报纸后,他当即奋笔疾书,写下了一篇《偶成》的杂文,用洛文的笔名发表在《申报月刊》第2卷第10号上。文中,鲁迅由绑匪的暴行联想到反动当局屠杀民众的酷刑,矛头直指国民党的虎吏和暴君。他认为绑匪的酷,是反动势力"酷的教育"的结果。这是这篇杂文的第一个深刻之处。

另外一个深刻的地方,就是这篇小小杂文揭露了旧社会的黑暗,作者对于暗无天日的旧嘉善寄予极大关注。杂文一开头,鲁迅先生就写道:"九月二十日的《申报》上,有一则嘉善地方的新闻……"偌大的一张《申报》,鲁迅唯独对嘉善这则新闻感兴趣,充分说明鲁迅是多么关注民众的苦难。而且,通过鲁迅的笔,旧社会那种黑暗世态得到了充分暴露。官僚的腐败,土匪的出没,人民的生活得不到保障,都可从《偶成》这篇小小杂文的窗口中得到窥见。

抚今追昔,重温鲁迅先生的这篇著作,使人对安定团结的新社会产生一种由衷的热爱之情。不信?请读鲁迅书!

(1990年4月21日《嘉兴日报》)

仿佛巴金还活着

在春天的一个双休日里读着李辉先生新出版的《巴金传》,立刻沉浸在这部图文并茂、活泼优雅、真实准确的传记里,仿佛巴金还活着,还在这个世界上没有离开我们。

李辉先生在巴金生前的二十余年间一直和巴金有着密切的联系。在与巴金的交往当中,作为研究者,李辉先生一直在用心感受巴金每一个细微处的伟大人格、伟大成就,从巴金点点滴滴的言行里,领悟巴金思想深处的真实灵魂，从浩如烟海的巴金作品里细心品读寻觅巴金一生中每个反映他生命亮点的细节，也从大量的历史场景里择取可能对巴金的影响的某些机缘，从而把一个活生生的真实可亲的巴金呈现在我们面前。因此，李辉先生的这部《巴金传》看似轻松活泼，却倾注了其对巴金的深厚感情和大量心血，否则无法让人读过以后有巴金还活着的感受。

从四川走出来的巴金原名李芾甘，1904年出生在四川成都的一个封建官僚地主家庭。"巴金"是他24岁写《灭亡》时开始使用的一个笔名，这个笔名见证他成为中国现代文学巨匠。后来他的"激流三部曲""爱情三部曲""抗战三部曲"等作品问世，40岁之前就奠定了他的现代文学大师地位，而在他晚年的《随想录》里，巨大的人格魅力和思想光芒更让后人不断地从中追寻巴金的思想财富。李辉先生在上卷"望尽天涯路"中，以他简约而又准确的笔调追寻巴金的思想和精神的源头，认为年轻的巴金在法国巴黎的生活学习中，以他的"政治热情、革命信仰、青春苦闷、性格忧郁、文学爆发"

等元素投身于世界性无政府主义活动,"从而成为20世纪中国知识分子中一位真正具有国际性的革命者";同样,"一个热心社会革命行动的青年,无意之中又扮演了一个被热情燃烧和推动的文学家角色"。与此同时,李辉先生继续介绍巴金当年与一些无政府主义革命者的联系以及这些革命者对巴金的影响,又恰到好处地展示了巴金1927年赴法国时的护照和那个历史时期的许多珍贵史料。一路写来,各个历史时期风云画卷伴随着巴金的种种遭遇,以及巴金讲真话的过程中和冰心、萧乾等人的交往与影响,还有大量的史料图片等。这样丰富而开阔的追寻,显然具有历史的深度。

如果说上卷李辉先生侧重思想与精神层面对巴金一生展开历史叙述的话,那么,下卷"何处是归程"当中,李辉先生的笔触伸向巴金的情感与家庭。但是李辉先生并没有仅仅把笔墨落在巴金在四川老家的古老而封建的家庭人物的叙述上,而是从巴金的作品里探寻巴金在大家族影响下的生命意义。李辉先生指出:"我想解读的是巴金的性格与感情,如何在家庭这样的环境中形成与发展，如何影响他的写作。"自然，对文学家巴金作这样的探寻的结果，用李辉先生的话来说，看到的"是激流变为缓缓而行的过程，看到的是一个人与家庭、与故乡永远相偎依的情感联系"。就作家而言，敏感、忧郁、理想主义都是不可或缺的，巴金这方面的特质正是来自四川成都那个李姓大家族，因此李辉先生又重新审视巴金故乡故家对巴金文学创作的影响，把生活中的家族与作品中的家族，以及作品中的人物和现实中人物联系起来叙述，加上丰富的历史图片和作品书影不断强化读者的视觉感官，让人在轻松的文字描写里感受到巴金的伟大和他与故乡故家在生命中始终无法割舍的联系和意义。《巴金传》里还有两节专门描写叙述巴金与萧珊的爱情往事，当相濡以沫的妻子去世以后，给巴金晚年的影响巨大，"痛在心中，爱在梦里"，让人看到巴金无论在梦里还是在现实里，一种刻骨铭心的情愫始终陪伴着他。我们在李辉先生的笔下，看到了当年巴金和萧珊那种刻骨铭心的亲情，那种设身处地想起来都心痛的真实的亲情！

中国作家的传记可以有多种写法,而李辉先生写的这部《巴金传》,以他优美的文笔,开阔的视野,长期而丰富的史料积累,独到的见解和干净而优雅的文字,还有将近300幅图片、照片和作者出现在传记现场的亲近感,让这部《巴金传》变得更加丰富多彩。巴金先生的精神和形象依然在喜爱他的读者身边,巴金还活着!读过李辉先生的《巴金传》之后就有这样的感受。

(2011年5月4日《中国新闻出版报》,署名金重)

张恨水的童年往事

近来在电视上热播的电视剧《啼笑因缘》以它细腻、生活的故事情节,吸引了亿万观众。人们也由此而更多地知道了20世纪中国现代文学史的小说大家张恨水先生。张恨水先生1895年5月18日出生在安徽潜山一个张姓的大家庭里,五六岁入蒙学,念的全是《三字经》,半年时间就念了13本《三字经》,但私塾里这种光背不求甚解的读书方式以及被张恨水称为"坐牢"式的学习,也同样让童年张恨水在枯燥乏味中寻到乐趣，学会了对对子，学会了背书，背书甚至到过目不忘的程度。在一些有关张恨水的回忆文章和传记里，都有张恨水童年往事的记载，很有意思。

据说张恨水对死记硬背颇反感，尤其是年幼刚上蒙学那时：

一堂学生、二三十人，就像打翻了虾蟆笼似的乱嚷。那先生板着永远不开笑容的脸，拿着竹板子在桌上直拍，拍的吧吧乱响，吆喝着"念，念，念熟了背"。一直把不懂的书念三四个小时，除了到先生面前背书上书，不能离开位子，上医院吃药，也比这好受。中午放学回家吃饭，吃完了，赶紧上学。这就伏在桌上描红模子啦。描红模子的时候不是不念书了吗？全书房像死了一样，谁都不能哼一声儿。你要是和邻座同学说句话儿，啪啪啪！头上三个暴栗，先生悄悄儿走过来揍人了。写完了字，大家可以呆坐在位上一两小时，你以为这是休息吗？可更难受。什么都不能动，又不许说话，多难受。偶然偷偷儿的在纸上画个小人儿，或在抽屉里摺个纸玩意，先生不看到便罢，若是看到了，拧着耳朵，到孔夫子神位前去跪着。休息完了，又念书，直念到窗户黑得瞧不见字，才放学。一年三百六十日，天天如此，直到放年学，才算喘过一口气。这是当什么学生，简直是坐牢啦。

但牢骚归牢骚，反感归反感，小小年纪的张恨水却在这样的氛围中受到严格训练。据说，有一天塾师出了个上联："九棵韭菜"，让学生对下联。张恨水脱口而出"十个石榴"，这一巧对，让塾师十分高兴，倍加鼓励，从而也更加激起张恨水读书的热情。张恨水 10 岁时在潜山老家附近的观音地私塾里念书，私塾里姓储的先生见张恨水贪玩，故意让他多背书，收住他的玩心。不料张恨水无论是五页还是十页都能一字不落地背下来，从此储先生视他为神童，便有意逼他去背书。仅仅半年时间，除《礼记》外，张恨水竟然把"五经"中的"四经"都背了下来！为此，储先生还专门跑到张家，对张恨水的母亲说："我不能再教你儿子了，你儿子很快就要做我的先生了。"

张恨水过目不忘的名声就这样在家乡流传开来。据说，张恨水的母亲不相信儿子的天才，有心要考考张恨水。一天傍晚，张恨水的母亲让他"拿一本没读过的书来"，张恨水拿来一本递给母亲。张恨水母亲看了一眼，顺手拿起一把纳鞋的锥子，使劲朝书本扎下去，扎透了半本书的样子，对儿子说："今晚你能把扎透的地方全背下来吗？"张恨水点点头，拿过书，回到自己的房里。第二天清晨，张恨水将被母亲扎透的地方都背了下来，让全家老少惊讶不已。

其实，张恨水的天资和他的勤奋，才是张恨水成为中国现代文学大家的根本所在，同时，一个人的童少年时代老师的鼓励和鞭策也同样至关重要。郭沫若、茅盾的童少年时代也是受到老师的鼓励后更加奋发用功的。

（2004 年 7 月 12 日《学习时报》）

"我的事业不传代"

近来在浏览中国 20 世纪文化产业巨子如王云五、张元济、陆费逵等人物传记和有关史料时,发现这些人物在创业和推动文化产业发展中,有许多理念值得今人记取和借鉴。

当年,商务印书馆的创始人鲍咸昌先生想让儿子当印刷所所长,张元济与鲍咸昌开诚相见,劝他不要这么做,鲍咸昌辞色愤懑,甚不以为然。张元济不顾情面,又给鲍咸昌写信,希望他从"公司利害"出发,跟自己一起"为中国实业造一模范"。张元济有一个观点:"父兄既在公司居重要地位,其子弟在公司任事,设有不合处,旁人碍于其父兄面子,必不肯言,则无形中公司受损不少;即使闻知,而主其事者,以碍于其父兄之情面,不便斥退。于是用人失其平,而公司愈受其害矣。"张元济这样劝别人,自己也是这样做的。

张元济的儿子张树年从上海圣约翰大学毕业时,拟赴美国纽约大学留学,其同学知道张树年是商务印书馆老板张元济的公子,便说,等你留学回来,凭你父亲是商务印书馆元老的地位,届时进商务找个工作是不成问题的。当初张树年漫然听之,因为在世俗的眼里,这样的猜测不是没有道理。1932年9月,张树年取得纽约大学硕士学位后回国。张元济见儿子学成回国,十分高兴,父子俩曾为找工作一事有过长谈。张树年先生在《我的父亲张元济》一书中回忆道:

> 我从美国回来后,为谋职事曾与父亲作过一次详谈。我向父亲表示,一、不愿进政界,因为在政

府机关任事，全靠人事关系。所谓一朝天子一朝臣，职业不稳定。二、不愿进洋商企业。在美国留学时看到歧视华人的种种情况，不愿在本国国土上为洋老板效劳。父亲同意我上述主张。接着他说："你不能进商务，我的事业不传代。"他还分析我进商务有三不利。第一，对我不利。由于父亲在商务的地位，我进去之后必然有人，甚至有一帮人会吹捧我，那就使我失去了刻苦锻炼的机会，浮在上面，领取高薪，岂不毁我一生。第二，对父亲不利。父子同一处工作，在公司内部行政工作上，父亲将处处受到牵制，尤其在人事安排上，很难主持公道，讲话无力。第三，对公司不利。这将开一极为恶劣的风气，必然有人要求援例。人人都有儿子，大家都要把儿子塞进来，这还像什么样的企业。最后父亲说："我历来主张高级职员的子弟不进公司，我要以身作则，言行一致。"

张树年先生的这段回忆，在《张元济年谱》《张元济传》中都有揭载。张元济这样开辟草莱的大企业家有如此境界，即使在七十多年后的今天，依然让人敬佩，让人感慨。

（2003 年 3 月 10 日《学习时报》）

第三辑

书海余墨

读书悟人生

由柳和城先生穷多年之功撰著的《张元济传》,终于放上我的案头,欣喜感慨之余,挑灯夜读,受益良多。

这部由南京大学出版社出版的皇皇26万字的《张元济传》,记录了19世纪末和20世纪上半叶出版界、学术界的风云人物海盐人张元济的一生,全书15章,描写了张元济的抱负和理想、人生与事业的坎坷辉煌的人生轨迹。从《张元济传》中看张元济,或许能得到更多的人生启迪。张元济仕途顺畅,年轻时即成钦点翰林，但做官并不是张元济的理想，他借翰林的桂冠，一展才能，顺应历史潮流，改革社会弊端，毅然决然投身戊戌变法。但是，在封建王朝里，张元济得到的回报，则是"革职永不叙用"！于是，张元济退而结网，以启迪民智为己任，顺应世界进步潮流，开创中国新式出版业，并为此奉献自己的一生，在中国出版史、学术史、教育史等诸多方面留下了辉煌的一笔。值得今人关注的是，张元济在商务印书馆的发展中，能不拘一格选人才，却不让颇具才能的儿子进入自己创办的商务印书馆里工作：那年，儿子留学归来，张元济却道："你不能进商务，我的事业不传代。"并语重心长地对儿子说：你进商务有三不利：一是对你不利。你如果进商务，必然会有人吹捧你，你就失去刻苦锻炼的机会，浮在上面，领取高薪，岂不毁了你一生？二是对我不利。父子同一处工作，我就要受到牵制，尤其在人事安排上，很难主持公道，讲话无力。三是对公司不利。你进公司，必须有人要求援例。人人都有儿子，大家都把儿子塞进来，这还像什么样子？他能谦让，礼贤下士，但在领导层决策公司大事时，用今人的话说，他常常能坚持原则，在得不到理解配合时，他也曾发怒并挂印而去。但后来事实证明，这位海盐人的眼光是对的。

张元济经历的时代，正是中国遭受列强凌辱的时代。面对列强对中国文化瑰宝的掠夺，张元济寝食不安，不惜重金，阻止珍贵典籍外流；同时，他出国周游，为祖国寻回不少珍贵图书，爱国之心，跃然纸上！张元济的骨气和志气，还体现在40年代，他不畏权贵，拒见敌使，赋诗斥汪逆，保持了堂堂正正中国人的气节。

（1997年10月11日《人民日报》）

买书咏叹调

买书亦是一乐，然而这乐中也有苦味。正是这苦与乐构成了一曲买书咏叹调。

前几年，我到处寻觅一代文豪茅盾的著作。一天，得知浙江某大型杂志刊登了茅盾二节回忆录，信息得到，如获至宝，马上往书店跑，一问，却令人沮丧——还未到。我急忙转身与外镇一个书店联系，得知还有两本！好险啊！我连忙自报家门，请他们留下一本，书款立即寄去。第二天对方来电，说书已托人捎来。于是，下班后我忙赶到一条道路口，等候书到。天暗下来了，那位同志才匆匆走来，我接过书，快步跑回宿舍。细细读了一遍那篇茅盾回忆录，这才想起夜饭还未吃呢。

还有一次，向上海邮购几本茅盾文集，书款汇出后，迟迟不见书来。这一下，我又急了，每天盼邮递员来，看到邮车后座空荡荡，知道书又没寄来。当时，真想立即赶到上海，问个明白，但仅40多元工资的我，只能连连发信催问，终于缺乏勇气赶到这个大都市。不过当时这心焦劲儿，恐怕不亚于热恋中的小青年等对象的心情！

买上一本称心如意的好书，比爱漂亮的人买着一件梦寐以求的衣服还来劲！这恐怕是爱书人的通病吧。但要买好书，还真不容易呢！这恐怕又是爱书人的共同苦恼吧。去夏我出差某市，该市依山傍水，风光旖旎，十分媚人。一天午间，同行都去欣赏夏日美景，我却溜进书店，在书柜前走来走去，然而却得不到一本称心如意的书，怏怏的，仿佛有股失落感。又有一次（其实应为多次），我出差到名不见经传的小镇，进了一个不引人注目的小书店，觅到好几本多方寻求未获的书，颇有"踏破铁鞋无觅处，得来全不费工夫"的得意心情。去年7月，有幸参加一个学术讨论会，到了北京，乘会议空隙，又逛了书店，而且是到了国内一流的王府井书店。原想买一套李泽厚主编的美学丛书，不料竟已售完。问了几个营业员，他们都操着流利的北京话说："卖光了！"但在一个偶然的机会，在一个偏僻的小胡同里发现一个小书屋，这小书屋里竟有我要买的那几本美学书！唉，买书就是那么一曲充满焦灼、苦恼，又有快乐、喜悦的咏叹调！

（1987年11月1日《嘉兴报》，署名村人）

历史就是历史

——读《五四新文化的源流》

由陈万雄博士撰著的《五四新文化的源流》(三联版)给我们提供了这样一个信息:历史就是历史!陈先生以史家的认真,钩沉"五四"前大量思想文化史料,描述了五四新文化的源和流,还五四运动发生的思想文化的真实历史面目,从而为五四运动研究的深入,提供了一份真实可信的成果。

对五四新文化运动的研究，是近年来学术界颇为关注的一个课题，而且研究的模式已突破原来陈旧的话语，使研究深入到一个新的阶段，更接近于历史的本来面目，从历史的过去式中揭示五四运动爆发的内在面目。前年，湖南曾出版过一本《"S会馆"与五四新文学的起源》，从理论上提出五四新文学运动的"内源"说，指出鲁迅、周作人等精英人物对"两浙"文化依恋的漂泊，"S会馆"作为一个能指的意象，便成了五四新文学的产房。从地域文化的视角，探讨五四新文学运动的起源，给人诸多启迪。而陈万雄先生捧出的这部专著，从大量史实中梳证出五四新文化的源流，将五四新文化运动的源头，从反传统思想、白话文的倡导、西方文学理论的介绍等方面，追寻到晚清，梳理出五四新文化运动与辛亥革命与思想革新一条脉络清楚的线索，标示出一种令人可信的渊源关系。

《五四新文化的源流》清楚地标示出五四新文化的源流关系，给当今学人许多启迪：历史的研究，视野必须从一般模式中解脱出来，从一个国家的国情，延伸时间，拓展空间，在历史的时空里寻觅历史的真实面目。陈万雄先生在这部专著中，更多地关注"五四"前中国思想界、政治界、文化界的历史状况，举证大量的史料，揭示出相互影响和相互关系。尤其让人醒目的是，陈万雄先生专门分列一章"五四运动在安徽"，从而突出"安徽"这个人文、地理概念在五四运动发轫发展中的分量，这是很独到的。综观20世纪上半叶，在中国这块土地上，可以说，两湖出政治家、军事家，江浙出文学家，将视角伸向安徽，关注"五四"时期安徽这块热土，无疑是明智和独到之举。限于篇幅，"五四运动在安徽"只是罗列了许多史料，这些史料看似单调，但其中透出浓浓的"五四"气息，也提供了大量在论文中无法传达的历史信息，同样是这部专著的新颖之处。

历史就是历史，陈旧的话语已不足以反映历史本来面目时，必须以史家的真诚拓展视野描述历史的面目，而这种描述同样是对历史负责。陈万雄先生的这部专著，就是一部负责的论著。因为他为我们描绘的历史途径是历史的、真实的。当然，如果篇幅允许，将清末维新运动与五四运动的某种渊源关系梳理给我们，也许更让人欣喜一些。

（1997年8月29日《嘉兴日报》）

一本属于峻青的书

"文革"结束后,我到县里工作,寻书、买书成了我业余生活的全部。一次,在上海书店旧书门市部的书架上,抱回一堆旧书,其中有一部属于峻青先生的书——《石灵选集》。

书很厚,有602页,1958年3月新文艺出版社出版,原价是1.90元,今天看来是便宜极了。这部皇皇600页的"选集",计有论文12篇,散文、杂文14篇,小说6篇,戏剧6篇,共38篇。从序言中可以看出,这"选集"是为纪念1956年英年早逝的孙石灵而出版的。孙石灵享年只有47岁。

"石灵原名大珂,字奇玉,于1909年出生在江苏省滨海县的响水口镇。家境贫苦,世代当乡镇塾师。1924年秋,他进了师范,复因学校停顿而去当小学教师。1928年春转入当地的东海中学,受大革命影响,参加了反对校长的学潮,被选为学生会主席。1929年为国民党反动派逮捕判刑。刑满释放,1931年来上海,进入中国公学,参加党领导的学生运动。'一·二八'沪战发生后,转入暨南大学,开始了革命文艺活动,参加中国左翼作家联盟的暨大小组。毕业后留校任助教。……1940年新四军东进后,转入苏北参加革命工作,一直到解放战争的胜利。解放前夕,党派他到南通学院担任辅导主任兼政治副教授,这时被批准入党。……1952年他从南通调来上海工作,参加'文艺月报'为编委。"

可以想见,这本书是为纪念孙石灵而编辑的。书刚出版,一个名叫张英华的人,立即在1958年3月题名赠送"峻青、于康同志留念"。张英华，我不认识，但他与峻青先生肯定是熟悉的。但这本原本属于峻青先生书架上的书，因"文革"这场梦，阴差阳错地进了我的书橱，而且一放又好几年。一直想把这本原本属于峻青先生的书，物归原主。

但是，我与峻青先生无缘相见，书寄往哪里呢？峻青先生，您能告诉我吗？还有邮政编码。

（1993年9月25日《浙江交通报》）

为迎接新世纪作准备

——读滕福星教授《科技进步论》

读完滕福星先生的《科技进步论》(吉林科技出版社出版),仿佛徜徉在20世纪世界科技发明发现的科殿堂里,为20世纪科技的飞速发展和惊人发明而惊讶。这部从20世纪乃至18、19世纪世界科技进步来描述的科技专著,着实是人类为进入21世纪而作的一种准备——知识准备、思维方式准备,难怪这部专著已列为滕福星教授所在大学的研究生必修教材。

在 20 世纪只剩下一点零头的时候，对科技进步这个概念的理解，成为领导、专家、企业家及青年知识分子们面临的新的要求。作者从几个世纪科技进步的脉络结构、特点特征入手，从科技自然运行规律到科技进步的社会学阐释，剖析绍介，条分缕析，从宏观上把握了科学进步这个简单明了然而又丰富复杂的概念。作者从科学、技术、经济、社会等诸方面进行立体研究，从多方面、多角度、多层次进行阐述，广采博览，中外融合，把科技这个世界性主题阐发得淋漓尽致，可知可读。既系统介绍科学的本质，明确提出科学是一种知识体系，是一种社会活动，是一种文化，是一种实践力量，又提出科学的划界，以及它那复杂的科学价值观。

滕福星并没有就理论到理论，也没有就回顾到回顾，而是立足于当前日新月异的科技前沿，博采世界科技发展的事实，引用中外科技发展的历史经验，立足中国当代科技发展的需要，因而具有很大的现实意义。全书除绪论外共有 10 章：科学是什么、科技前沿、科学发现、科学革命、技术发明、技术革命、技术创新、技术引进、研究与开发、人文环境，从而形成一个具有理论意义和实践意义的完整体系。

如果说科技著作作历史描述还比较容易的话，那么对现实描述和前瞻性描述，就并不是每个学者都能做到的。滕福星先生在这方面却用力甚勤，成果也较显著，尤其是把科技进步作为一个国家的经济增长和社会发展的主要源泉来研究，使许多方面呈现出当今时代的可操作性，乃至局部决策的可启迪性。

（1996年11月1日《浙江日报》）

世事洞明皆学问

人生快事,莫过于与睿智者说话,莫过于读一本充满智慧的好书。与陆文夫先生说话,常常有一种满足,觉得豁然开朗,觉得人生这部大书里面,学问真深。而最近读陆文夫先生的散文随笔集《秋钓江南》(东方出版社1998年4月出版),尽管有些篇章早在报刊上读过,依然让人心头一亮,清凉惬意之至。

陆文夫先生是从艰难困苦中过来的人,对世事俗事有着异于常人的思维方式,且妙语连珠。记得十多年前，笔者陪同陆先生去乌镇访问，在小街的一个小吃店边，先生踅进店内看了一歇，出来后轻声问他女儿："你知道那些农民围着炉台干什么？"女儿反问："干什么？"陆文夫说："他们花两元钱买碗面，不放心呀，所以要围着炉台看。"陆先生在《秋钓江南》中以自己独特的感受和理解来谈吃、喝、玩、住等人类基本问题。如稍有经历的人大多对菜肴保留一份美好的回忆，颇有今不如昔的感叹，先生在《永不凋零的艺术——吃》一文中是这样看待这个问题的，他说："今不如昔的原因主要是两个方面，一是菜肴的本身，一是吃客的本身。有资格谈论'过去'的都是中老年人。老年人身经百'战'，食欲减退，味觉迟钝，同样质量的菜肴也会觉得今不如昔……"读此分析，让人恍然大悟，难怪如今中老年人沉湎于往日并不精致的菜肴的美好回忆中！

说到心情，陆文夫先生在《吃喝之外》一文中说，过去的年轻人在初恋时，因为心情好，顶着朔风在苏州小巷"无休止地弯来拐去"，看到一个馄饨摊，两个人立即飞奔过去,"一下子买了三碗,一人一碗,还有一碗两人推来推去,最后还是平均分配"。真是入木三分,惟妙惟肖!

陆先生在《秋钓江南》中说到钓鱼:"钓鱼和捕鱼不同,不是强取,而是诱惑、嬉戏,是漫无目标的,你必须用诱饵来引诱它,让它向你的鱼钩靠拢,这叫'打塘子'。你想诱惑任何东西都要'打塘子',诱惑人也要'打塘子'。诱人用的诱饵是权位、金钱和美女……鱼到塘子里来吞食诱饵,也和人接收贿赂是一样的,他们都以为是在水下,别人看不见。错了,任何事情总是有进有出,水下有动作,水面总是有反应的。"道理很简单,却又有多少人真正认识到呢?如此深刻的哲理又有谁说得如此淡白?

世事洞明皆学问。陆文夫先生的《秋钓江南》是一本轻松、深刻、幽默而绝不媚俗的佳作,这和他对社会的热心及对世事的细致观察和思考分不开。陆文夫先生年逾七十,依然保持着清逸、深刻、幽默的风格,捧出这部散文随笔集,让浮躁的世人有此轻松的一刻,真要谢谢他了。

(1998年6月30日《人民日报》海外版)

泼墨写名贤

——读李从军《古代名贤画集》

由河北美术出版社出版的李从军大写意画集《古代名贤画集》是一部不可多得的画集。画集收入李从军同志近年来业余之业余的名贤画像66幅,共计52位古代名贤。用大写意的笔法画出了古代50多位前贤圣人的精神风貌,并着力从构图、用墨、神态上画出名贤个性,写意出他们爱国爱民、忧国忧民、潇洒倜傥、足智多谋、清正廉洁的精神风范,也显示出李从军同志的志趣和美学追求。

《古代名贤画集》是一部主题性人物画集，所选人物都是经过历史大浪淘沙、扬清激浊之后的民族名贤，所以整部画集透出一种浓浓的正气。古往今来，对历史人物的理解和表现往往因人而异，伟大的历史人物一生有诸多事件，但并不是每一天的经历都是伟大的。李从军同志在审美选择中深知这一点，因此选择一个历史人物最闪光的方面，最能表现个性的特征作为"名贤"入画，从而使66幅写意人物画各具特点，个个栩栩如生，神形毕至。如第一幅《孔子登山》，一改孔子峨冠博带的形象，画出孔子褴褛策杖登大泰山而小天下的场景，揭橥出孔子经过艰难困苦而达到这种境界的心情，画像中那种喜悦的神态仿佛能听到孔子的笑声。在《刘邦大风》中，红色披风和刘邦满脸红光表现了刘邦意满志得、睥睨四海的神态。有关诸葛亮的几幅画，画出了诸葛亮鞠躬尽瘁、忠贞勤政的风貌和精神。所有这些都洋溢着一种堂堂正气。

《古代名贤画集》是一部写意人物画集，因而在画意笔法上，浓墨处泼墨如云，疏旷处万里晴空，落笔大胆，不拘小节，关注的是神似，讲究的是精神主题表达的完美而不是形体的完整。因此，李从军同志的《古代名贤画集》散发出一种艺术上、构思上的大气，是真正意义上的大写意。如《太白应征》《李白傲世》《李白郁愤》《怀素豪饮》等，尤其《仲淹忧民》，笔意粗犷，无所畏惧，却神态毕至地表达出范仲淹忧国忧民、心系天下的崇高精神境界，读来有一种净化灵魂的震撼力。《古代名贤画集》还有另一种特色，即李从军同志画出了这些名贤们寄情山林的隐士风范和幽默风度，让读者会心一笑。《郝隆"晒书"》的幽默，《羲之爱鹅》的可爱，《隐之卖狗》的清廉，《陶潜采菊》的悠然，《阮籍醉酒》的清醒等，都在给人深刻哲理启迪的同时，让人轻松地一笑。

　　历史是往事，历史淘尽千古风流人物。李从军同志笔下的这些先哲前贤，是中华民族的精英，是中华民族的脊梁，也是启迪后人奋进的优秀的精神文化遗产。从这个意义上说，这部画册的问世对大力弘扬社会主义精神文明建设的今天,是十分必要的。

(1999年10月25日《人民日报》海外版)

当代文学史不该遗忘的小说《土地》

《土地》是陈学昭写于 20 世纪 50 年代初的一部反映土地改革的小说。

现代著名女作家陈学昭（1906—1991），浙江海宁人，是在五四运动之后成长起来的革命文学家。她 19 岁就出版散文集《倦旅》，以她绚丽优美的笔调，写出了一个受"五四"影响的青年女子的心路印痕。21 岁赴法国求学。22 岁写出长篇小说《南风的梦》，写一群青年男女的恋爱故事，塑造了五四运动以后苦苦追求人生出路的青年知识女性的典型,小说写得青春而又哀婉。29岁她被法国克莱蒙大学授予文学博士学位。1935年回国,抗战开始后两度赴延安,先后在延安自由写作、参加"文抗"。40年代在解放日报社以及中央党校四部工作。之后,先后写出传诵一时的《工作着是美丽的》《春茶》等长篇小说。前些年,笔者为写陈学昭传记,阅读了陈学昭先生一生的全部作品,包括她的小说、散文、诗歌等,深深为这位老共产党员作家的才华所感动。

全国解放后,激情澎湃的陈学昭向中央请求回浙江工作,中央组织部同意她回浙江,但档案留在北京,于是陈学昭带着通讯员风尘仆仆回到浙江。后来"土改"运动开始,她就随省土改工作队回到故乡海宁黄墩乡。在"土改"运动中,陈学昭目睹了这场社会变革,也目睹了中国农村翻天覆地的变化,亲身感受到中国农民的喜怒哀乐以及新解放区农民对土地改革运动从怀疑、观望到积极参与。中国农民那种对土地的渴求和眷恋,对旧世界的愤恨,深深地打动着作家。她曾说:

"伟大的群众运动教育着我,一个个有血有肉的人物感染着我,激励我拿起笔来歌颂新的世界、新的人物,这就是后来我写的小说《土地》。"从乡下回到杭州,陈学昭住在西湖边的新新饭店,顿时,黄墩乡的土地改革运动和农民的音容笑貌像放电影一样闪现在作家脑海里,她一口气写了30多万字的小说,取名《土地》。这时,在北京的吴觉农夫人陈宣昭,邀请陈学昭去北京,于是陈学昭带上书稿去了北京,先在沈雁冰(茅盾)家小住后又去吴觉农家改稿,将30多万字压缩到十五六万字。1953年人民文学出版社出版了此书。

《土地》是新中国成立后中国作家较早全面反映中国新解放区土地改革的一部小说。由于作家熟悉这一带农村语言、风物,小说富有乡土气息,塑造了一批在土改运动中涌现出来的如长林、雪珍等农民积极分子,真实而准确地写出了新解放区农民在土地改革中表现出来的怀疑、观望,从被动到主动再到积极投入土地改革的心路历程。整部作品真实、朴素、自然而亲切。然而,由于历史的原因,这部共和国最早、最及时反映土地改革伟大实践的小说，50多年来一直淹没在历史的尘封里，没能引起文学史专家和读者的重视，在一些当代文学史和共和国文学研究专著里也难觅踪迹。

（2003年6月17日《团结报》）

去饰求真

——读毕克官先生《漫画的话与画》

读中国文史出版社出版的毕克官先生新近出版的有关漫画的回忆录《漫画的话与画——百年漫画见闻录》,一种讲漫画的真话,对漫画同行师友的真诚以及对漫画的真见的感觉沉浸于字里行间,读完后,敬意油然而生。

毕克官先生是我国著名的美术家和漫画史家,半个多世纪对漫画艺术的执着和不懈追求使毕先生认识了不少20世纪中国美术界的前辈。也正因为他的执着,披阅了20世纪乃至中国古代、近代的诸多漫画史料,亲自品尝之后烹饪出精美的佳肴——自己独到的见解。所以,有此精神、有此阅历和有此胆识,使毕先生这部新作洋溢着艺术家的品格。

首先是去神化求真实。整部回忆录分"五十年所见"和"五十年所闻"两大部分以及附录。但是,无论是所见还是所闻,都蕴含一种去神化求真实的精神。年轻的毕克官收集民间年画也研究年画,并对各类绘画风格充满了好奇和兴奋,因此,米谷有气派有厚重的绘画风格让年轻的毕克官醉倒,丰子恺写意的风格也深深地吸引住毕克官,张光宇乃至陈老莲、上国周的画法也让毕克官激动不已。因而毕克官在回顾自己的学画经历时,说当时"这也好,那也好。这也学,那也学,显得很贪心",真实地解剖自己初学时的心态。其实,正是这种艺术上的"贪心",造就了一位美术家!在回忆与一些前辈美术家交往时,毕克官崇敬但不溢美,都能够真实地写出那个时代、那个环境。再如毕克官访胡考先生时谈到关于鲁迅先生对漫画的影响问题时,从事实出发,明确认为鲁迅先生对30年代漫画的发展没有什么影响,去掉了鲁迅无所不能、无所不在的神话和神化,使毕先生对漫画史的理解更接近历史事实。这种真实的记录和表白,还同样表现在对自己作品《中国漫画史》的评价上,他认为虽然出版了,但还有值得推敲和重评的地方。同样毕克官先生回忆"文革"前自己的遭遇时,也是如实表述,比如当年讨论他的入党问题时,同事揭发他崇拜丰子恺,而且给丰子恺送山楂,结果是检查是搁置……紧接着毕先生写道:"今天写出这个过程,一点没有指责那位同事的用意,因为在那样的年代里,我千里迢迢去讨教一位佛教士,真是有点'另类'。"这是真实的宽容。

其次是去虚饰求真诚。这部22万字的回忆录,是由一篇篇长短不一的文章组成,内容则围绕作者自己学画、绘画、赏画、写书等具体生动的往事展开,看似随意组合,实则纵横捭阖,对中国漫画的人和事、事和画,娓娓道来,让人读着如沐春风。这春风,就是体现在书里的去虚饰求真诚的特点。比如毕克官在

"文革"后帮叶浅予编《漫画选》，结果却因出版社的粗心铸成差错，但叶先生的宽容让毕克官感动莫名。由此在写到这段往事时，毕克官既充满感情又实事求是地写出当时的实情，没有任何矫情和做作。在写《中国漫画史话》和《中国漫画史》之前，他与郑逸梅、季小波、穆一龙、姚吉光、胡亚光等前辈交往时，也是以真诚换真心，使他在收集资料时一路顺风。时过境迁，毕先生在撰写这些回忆文章时，依然充满着真诚。

其三是去偏见求真见。近半个世纪的研究创作，使毕克官先生对中国美术艺术有着独到的见解，对画家、画作绝不以偏概全，不以社会地位论画，不以知名度论人，显示了一个艺术家的真见。如从历史实际出发，毕先生在说到20世纪二三十年代中国漫画时，特别推崇张光宇、鲁少飞，认为"如果一定要给谁戴上'漫画旗手'桂冠的话，应是张、鲁两位，特别是张光宇这位二三十年代漫画的倡导者和组织者"。又如他对丰子恺漫画的评价，认为丰子恺早年的漫画"是有感而发，完全是心态情绪的一种自然流露""艺术品位很高""四五十年代和以后的作品，比之初期，显得逊色一些"。这样的看法，是建立在毕克官先生遍览丰子恺的漫画之后得出的，因而也符合丰子恺漫画作品实际。同时，又说"漫画"一词并非丰子恺首创，但"当年丰画确起到普及'漫画'一词之历史作用，不可一概抹杀"。其他的一些画论，大多显示了毕克官先生深厚的艺术功底。

更深夜静，读毕先生的这部有关漫画的回忆录，仿佛在听一位长者叙述艺术往事，叙者谆谆，听者如坐春风，时而恍然大悟，时而闻所未闻，因此让人不忍释手。掩卷之后，心里想得最多的，是想读毕先生其他的作品。

（2003年1月15日《人民日报》海外版）

一片清凉世界

——读叶瑜荪的《竹刻技艺》

读完著名竹刻艺术家叶瑜荪先生的新著《竹刻技艺》(福建美术出版社 2006 年 5 月版),一股淡淡的书卷气迎面扑来,字里行间的竹子清香溢满我的书房。这部并不厚的专著,却在有限的篇幅中完整地介绍了中国竹刻的源流。全书叙述翔实,有根有本,文字洗练流畅,图文并茂,是一本难得的真正在谈竹刻技艺的好书。

叶先生是国内著名的竹刻艺术家，他几十年孜孜不倦，一直在竹刻艺苑里辛勤耕耘，不求闻达，只求完美，成果颇丰。他那简朴高雅的竹刻艺术曾得到陈从周、郑逸梅、谭建丞、王世襄、王子野、赵朴初及台湾著名作家林海音等名家的高度评介和充分肯定。陈从周曾称叶瑜荪为"江南刻竹第一人"，誉为当今"竹人之魁"。所以我曾多次催促叶瑜荪先生对自己的作品加以总结和整理，在其家乡浙江举办一些竹刻艺术展，叶先生总是略带羞涩地谦虚道："这个，还不够呢。"其实，叶瑜荪无论是竹刻数量还是竹刻艺术水准，在中国竹刻界都是有目共睹的。他的竹刻数量，只要让友朋们提供一些已散落在其手中的竹刻作品，就足以举办一个可观的竹刻艺术展；而就竹刻艺术而言，叶先生的竹刻艺术早已是到了炉火纯青的地步。他大量的以丰子恺书画为蓝本的竹刻，足以传承丰子恺的气韵；他的弘一书法竹刻，让人心静到一种无我境界。他的竹刻绘画，惟妙惟肖，让人爱不释手，难怪陈从周称叶瑜荪竹刻为"神品"而"每日摩挲"。然而叶瑜荪的竹刻艺术展迟迟没有搞起来，在以张扬自我为荣耀的世俗里，叶瑜荪的这种定力和修炼常常让朋友们肃然起敬，所以与叶先生谈艺术，没有那种物欲杂念，也没有那种名利浮躁。难怪有那么多阅人阅世颇多的前辈会如此激赏叶瑜荪先生。

这样的竹刻艺术家写出来的专著，其品位品格也就可想而知了。全书共分三编，第一编是专讲竹刻史话，洋洋洒洒，源流并举，娓娓道来，如数家珍，从江南的竹子讲起，讲到竹刻，自明正德、嘉靖时代专门竹刻艺术到清代鼎盛，其间源流脉络清晰，例举适当，简明扼要；然后再叙嘉定竹刻，浙江文人竹刻，其间带出代表人物乃至海外影响，可谓纵横捭阖，囊括了中国古代竹刻史主要成就和源流。第二编是竹刻艺谭，有人物有往事，有技术有知识，细枝末节，一一道来，仿佛竹刻艺术家边操刀边演示边介绍，从上山采伐如何选竹子，如何品竹子，如何加工直至运刀、传拓、藏玩等，每个环节、细节都介绍得让人有身临其境的感觉。第三编是容园竹品，"容园"是叶先生的斋号，展示了 28 幅臂搁和 49 件拓本，蔚为大观。这样扎实的专著，与当今泛滥书海的外行人写专业书，抄抄拼拼大谈做人技巧、做事技巧的书相比是不可同日而语的，真有鹤立鸡群的感觉。《竹刻技艺》由叶先生写出来，才真正是一部专业性艺术著作。所以，在今年杭州少有的高温里，读叶先生的《竹刻技艺》，尽管汗流浃背，心里却是一片清凉世界。

（2006 年 9 月 25 日《人民日报》海外版）

在矛盾旋涡中重塑

——评电视剧《省委书记》

看完电视剧《省委书记》之后,又重新找来陆天明的小说《省委书记》看,深深为贡开宸、马扬那种无畏和智慧所感动,也为他们在扑朔迷离的矛盾纠葛中的敬业所感动。现实生活中纵横交错、盘根错节、扑朔迷离的社会矛盾,仿佛一个巨大的旋涡,涌动在电视剧和这部长篇小说里。现代社会尤其是转型时期的现代社会,新的思想观念是在与旧观念碰撞中产生发展,因而，正是这些矛盾构成的旋涡，重塑了社会主义市场经济背景下贡开宸、马扬等有血有肉的党的高级干部形象。

在社会错综复杂的矛盾里，许多矛盾是隐藏在平静的背后，有的又隐藏在矛盾里面，纠葛在无原则的错综中，复杂在原则是非的复杂中。《省委书记》里的矛盾也同样如此复杂、如此之多。贡开宸、马扬面临的家庭矛盾，"大山子"矛盾，市场经济带来的无法避免但又必须避免的矛盾。而作为省委书记的贡开宸和大山子顶梁柱的马扬，凭着内心深处的历史责任感，必须在错综复杂的矛盾面前做出自己的价值抉择，这种抉择就是共产党人价值观、人生观的表现。尤其是现任省委书记贡开宸，面对"反映过自己"的马扬，是揪住马扬不放，穿小鞋，出一口恶气，还是以共产党人光明磊落、海纳百川的胸怀，大胆起用？这需要政治勇气和人格力量。所以，电视剧中贡开宸的选择是让人心灵震撼的！同样，马扬在去外省担任省委副书记还是留在大山子搞改革的选择，也让人的心灵得到净化。事实上，电视剧里每一个人物在复杂的矛盾面前都有一种选择，包括张大康这样的人物，只不过是人生观、价值观不同罢了。所以，我觉得电视剧包括小说，在矛盾旋涡中重塑了我们党的高级干部的形象，昭示了一种共产党人干净干事的价值取向。

《省委书记》从小说到电视剧，可以清楚地看到情节取舍的电视生活化特点，另外，电视剧对贡开宸家庭成员矛盾的处理上，也比小说更清晰，着墨不多却扣人心弦，条理清晰却复杂依然。总之，看得出，贡开宸、马扬等没有回避矛盾，而是在一大堆时代发展过程中的矛盾旋涡里凸现自己作为党的高级干部的个性，这种个性代表了一种价值取向、人生目标和个人智慧。

（2002年11月25日《学习时报》）

有种信念叫执着

读完张志平同志的《追寻西柏坡》,久久不能平静。《追寻西柏坡》是志平同志20多年追寻西柏坡精神的心血之作。我与志平相识于中央党校。他非常勤奋,常常一个晚上可以写上七八千字。这些年,我不断地收到志平同志寄赠的新著,可见他依然保持着勤奋和激情。

几十年来,志平热爱平山,热爱西柏坡,他这种故乡之爱已经融化在他的血液里了,成为一种情怀。几十年来他的足迹几乎踏遍平山的每个村落。怀着紧迫感，他访问了数以千计的重大历史事件的亲历者，为平山的光荣留下了无数记录。在这部书里，他常常用寥寥数语就把平山先烈的忠义气节展现在读者面前。这些先烈中的很多人并不为众人所知，但是如今他们得以在志平同志的书写中得到重生。

平山在抗战时期是著名的抗日模范县，平山的西柏坡又是中国共产党武装夺取全国政权的最后一个农村指挥所。可以说，中国共产党在这片土地上留下了宝贵的革命史迹和精神财富。志平深深懂得这一点，他充分利用西柏坡纪念馆的史料资源，踏踏实实地梳理革命史料，并常年深入乡间采访。有时为了弄清某一个细节，电话要打无数个，有时还奔波上百里走访当事人。即便如此，还是有些珍贵史料因为老人的去世而难以记录，让他嘘唏不已。在《追寻西柏坡》中，志平同志廓清了许多过去似是而非的美好传说，也确定了许多事关中共历史的表达。比如"中国人民解放军总部"的来历，中共中央解放军总部"进驻"和"移驻"西柏坡一字差异的来历,关于"新中国从这里走来"这一名言的出处和由来,关于"五大书记"的称谓,以及陕北新华广播电台是什么时间在西柏坡播音等,志平在这本著作中都做了详细的分析考证,提出自己的见解,为丰富中共党史做出了自己的贡献。

有一种信念叫执着。在这部著作中,我不仅看到作者矢志不渝的信仰,而且看到他敬畏先烈、敬畏故土的情怀。相信人们读过《追寻西柏坡》之后,对作者、对我们党的辉煌历史和责任使命,对平山、对西柏坡这片热土,会有一个新的认识。

(2011年7月19日《人民日报》)

仰视中外出版史上的大师

读毕《出版的品质》一书,掩卷沉思:假如中国现代史没有张元济、陆费逵、王云五、邹韬奋、胡愈之、张静庐、冯雪峰、巴金、陈原、范用、刘振强等出版家,中国现代出版业会是怎样?中国现代出版史又会怎样?假如世界出版史上没有俄国的绥青,没有法国的加斯东·伽利玛,没有日本的岩波茂雄和见城彻,没有美国的贝内特·瑟夫,没有英国的艾伦·莱恩,没有德国的西格弗里德·翁泽尔德等这些出版巨擘，世界的出版史会怎样？世界的出版业又会怎样？我想，如果没有张元济等这些出版业界的脊梁，我国的现代出版业会黯然许多，民智的开发会延缓，我国的文学史会逊色，我国人民的精神生活不会有今天这般丰富多彩，乃至我国的现代化进程也会受到影响。同样，如果没有绥青等一批出版巨擘的努力，世界的出版史会变得单薄，许多世界名著可能夭折而与世人失之交臂，许多如兰登书屋、岩波书店等如雷贯耳的出版机构就可能不再存在。

《出版的品质》专题介绍中国及世界出版史上的精英、大师、巨擘，展示给我们的是世界出版史上的脊梁。如果抽去这些脊梁，无论中国出版史，还是世界出版史，就无法站立在国人面前、人类面前。书中介绍的这些人物，有的已经与我们渐行渐远，但他们对人类的贡献，在出版史上留下的印痕，已经镌刻在人类文明史上。但是，当今的人们在阅读某部名著，阅读某位名家大师作品时，常常忘记出版史上这些巨譬对名著的催生意义；当今的人们在梳理人类文明发展史时，常常忽略在文明史上做出巨大贡献而又不愿勒石树碑的那些出版界大师，不知道也不清楚，正因为他们这些出版人把生命托付给出版业，不屈不挠，以独到眼光和魄力传承和开拓世界和民族的文明资源，才有今天世界的文明。

书的"弁言"中，有一段让人对出版热血沸腾的文字，读过之后，一直留在脑际挥之不去：

> 概而言之，一名优秀出版人应该是这样的：学历无论高低，必须有良好的修养，对文化和出版充满热爱、憧憬之情，从某种程度上讲，他们是拥有理想和浪漫情怀的文化人，是真正的文化至上主义者，文化和理想在其心中永远是第一位的。他们还有自觉承担启迪时代精神的社会责任感，有将文化的圣火通过自身的出版活动播撒到更广大的民众中去的雄心与抱负；往往能敏锐地捕捉到作者灵光一现的创意洞见，凭借自身的独特眼光、出版卓见与

职业热诚,激励、呵护尚在"孕育"中的"文化精灵",使其完美地降临人世,不致"胎死腹中",从而催生出有价值的真理和理想,并使其广为传播,对社会发展起到巨大的推动作用。此外,他拥有精准而独异的鉴别力,特别擅长发掘和培养优秀的文化人才,始终将作者放在最重要的位置,甘心做第二小提琴手,努力为作者提供最周到的服务;立足于文化,善于通过创新性工作促进优秀图书的普及,同时又具备非凡的商业才华,使文化的价值发挥出最大的效力。

"为书籍的一生"的俄国出版大师绥青生活在黑暗和辉煌交织的时代,奋斗在改朝换代前阵痛的时代。在这样的时代里,据说在1914年这个年份,绥青公司出版的图书占俄国当年出版图书的四分之一以上,而绥青被高尔基称为是做出"对俄国社会的重大贡献"的人。出版家加斯东·伽利玛是法国家喻户晓的人物,因为他对出版的努力,成为法国出版界的一面旗帜,美国杂志认为"伽利玛是法国文学的同义语",可见其贡献与地位。日本至今已有百年历史的岩波书店的创始人岩波茂雄先生,以他那种谦虚诚实的品格,赢得作者信任的同时也赢得了出版事业的发展。美国兰登书屋的创办人之一贝内特·瑟夫是具有文化抱负的出版家,所以兰登书屋的发展经历,至今读来仍让人怦然心动。英国企鹅书屋创始人艾伦·莱恩凭借敬业和经验以及对社会的责任,出版"企鹅丛书",推动了英国的阅读革命。德国苏尔坎普出版社的掌门人西格弗里德·翁泽尔德曾经以自己的追求和担当,出版"彩虹图书系列",并以此来驱散二次大战后德国普遍存在的精神彷徨,他领导的出版社成为德国20世纪文学和思想精品的集散地,并由此奠定了其在德国的社会地位。

至于国内现代出版史上那些大家,介绍其实已经不少,但究竟有多少从事出版的决策者知道、了解这些大家巨擘呢?答案估计不容乐观。张元济、陆费逵、王云五等在出版方面的辉煌业绩和他们的敬业精神,如今又有多少人记得呢?翰林出身的张元济办出版的同时还亲自搜购古籍，创办涵芬楼图书馆，而今天出版界图书资料室又有几个可与它相媲美呢？自学成才的陆费逵是个有胆有识、有文化担当、有社会责任感的出版大家，他组织编纂的《辞海》至今仍在惠泽知识界，但陆费逵没有在上面署上自己的名字，这样的品质，今人是要仰视的。此外，他那些关于出版的名言警句，至今仍振聋发聩："如以诲淫诲盗的书籍，供献于世，则其比提刀杀人还要厉害，盖杀人不过一人，恶书之害，甚于洪水猛兽，不知害多少人。"重温这样的警世名言，想来对今天中国出版界是十分必要的。王云五从事出版事业，发明四角号码检字法，出版《王云五大词典》和《万有文库》等，其实他在出版方面的贡献还有许多，这又是与他强烈的创新意识和时代责任分不开的。还有台湾出版界的刘振强先生对出版文化的贡献，可以称得上是"当代王云五"……这部书中都有专题介绍。

书中介绍的这些大师巨擘，或简或繁，或长或短，但每个人的精神都在闪光，每个人都在积累文化、推动社会文明进步中燃烧自己。贺圣遂、王建辉、潘凯雄、俞晓群、汪家明等人本身又是出版界中的翘楚,由他们亲自动手集中介绍世界和中国21位出版大师的史事和贡献,不仅必要而且其意义重大。

(2013年5月31日《中国新闻出版报》)

一本小书承载着一种伟大

——读《待漏轩文存》

吴奔星先生的公子吴心海兄将《待漏轩文存》(上海辞书出版社2014年8月出版)寄给我以后,正好我在出差,于是我一直带着它,慢慢读,空下来时,拿出来读几篇,有些文章,我读了好几遍。记得当时收到这部装帧别致、印刷考究的作为"开卷书坊"之一的《待漏轩文存》后,就喜欢上这部书。所以出差途中慢慢读完后,一直沉浸在吴奔星先生的文章里,那些字里行间溢出来的高尚人品，一直感动着我，相信也温暖着每一个与之接触过的人。

我带着这部《待漏轩文存》回到杭州时，已经是2014年的年尾了，接着是参加省里的政协会议，之后是羊年的春节，但我始终不肯将吴奔星先生的这部充满感情的文存收进书柜而是置放在书桌案头，我不想一口气读完，而是慢慢地，反复阅读。因为，我在20世纪八九十年代与吴奔星先生见过面，也有过不少向他请教的书信来往，所以我对吴奔星先生的待人之道、待友之道是有切身感受的，他的真诚，他的无私，他的热心，随着世事的见多、年龄的渐长，至今想起来愈加感到无比温暖！在这部《待漏轩文存》中，收入吴奔星先生晚年对友人、对师长、对往事的回忆文章，长长短短40多篇，虽不是鸿篇巨制，却承载着一位诗人学者高尚的人品。吴奔星先生是学者兼诗人，他既有学者的严谨和真诚，也有诗人的热情和激情，其中贯穿其一生的，是他一以贯之的高尚人品。如他和诗人李白凤先生的友谊，从青年到晚年，虽然人生风风雨雨、坎坎坷坷，但友谊不因不见面而减少，也不因风雨坎坷而湮灭，而是随着人生的起起伏伏始终如一，两人"云天相望，心照不宣"。然而，诗人白凤先生却天不假年，在1978年撒手西去，吴奔星先生失去友人的悲痛是可想而知的，所以，和着泪水和深情的《不遇——忆诗人李白凤》就自然而然从其笔下流淌出来。他在缅怀吴天石同志的文章中，让人感到吴奔星先生与吴天石既是相知的友人，也是相知的同事。吴天石，一个从不在人后议论人的教育厅长，却在"文化大革命"开始时就惨死在红卫兵的棍棒之下；吴奔星，一个诗人兼学者的教授，在吴天石看来"胸无城府""心直口快"的知识分子，在1957年终于直言贾祸，离开了省会城市，被发配到"苏北"。然而在"文化大革命"前的岁月里，自己已经倒地的吴奔星先生却时时关心吴天石这位领导、朋友、诗人的境况，在吴奔星先生的胸怀里，没有"城府"，却有高尚！所以，直到吴天石先生蒙难20周年，老诗人吴奔星依然不能释怀，无法忘怀这位早已为世人忘却的友人！在怀念被吴奔星先生称为"经师""人师"的叶圣陶先生的短文里，真可谓纸短情长，其中吴奔星先生一句"叶老不在了，只好抚摸他的手迹了"，真让人为之动容。

在吴奔星先生的那些回忆文章里，我们能够感受到他的善心善意，所以他的语言是那么温润敦厚，笔调是那样深情。他在《陈瘦竹先生二三事》的长文中，将两人三十余年的友谊娓娓道来，既写出了陈先生的为人，也写出了陈先生的贡献，让人从字里行间感受到陈先生作为一位卓有成就的著名学者、作家的风范。在《挥泪悼唐弢》一文中，吴先生可谓声泪俱下，为失去这样一位神交已久又相见甚欢的大学者而痛心！在《追忆翻译家汝龙》里，吴奔星先生在有声有色的叙述中，深情地回忆自己和汝龙几十年的交往和友谊，他为国家痛失一位勤奋、优秀的翻译家，自己失去一位交往几十年、牵挂几十年的朋友而悲悼！在这部《待漏轩文存》里，吴奔星先生还对那些在自己困难时拉过自己一把、说过一句让人铭记一辈子的暖人心的话的人，常常带着感恩的心，深情地回忆着那些往事。他记得，贵阳师范学院中文系主任谢六逸先生器重自己，半路上毅然决然聘请他为贵阳师范学院副教授，给他一份体面的工作，谢六逸先生的真情真意，让年方而立之年的吴奔星感动之余全身心投入教务而忽略了复杂的人际关系。几天过去，年轻的吴奔星就感到有些无名的压力，当谢六逸主任知道吴奔星先生的压力时，还不时鼓励他，年轻的吴奔星在谢六逸的麾下感到莫大的温暖！所以，事情已经过去半个世纪，有情有义的吴奔星依然心怀感激，写文章怀念这位短暂相处的前辈。在《忠厚长者唐圭璋老大哥》一文中，吴先生写到自己当年摘去右派帽子后，虽然可以参加工会组织的南京汤山的疗养，但心情依然压抑，尤其是回到第二故乡南京，心情格外郁闷，不想见熟人。他在文章中写道："由于被孤立了五年，已习惯于自觉地回避人，快到第二故乡南京市区，不禁产生像初唐宋之问从贬所逃归的那种心情：'近乡情更怯，不敢问来人。'只顾低头走路，生怕碰见熟人、同事或学生。"然而不想见熟人的吴先生，偏偏在汤山疗养院内首先遇上熟人老大哥唐圭璋，于是"我们相见，不是握手，而是'捧手'。两双手捧在一起，他连声说：'好哇！好哇！又走到一起了。'但他不是右派，也从不认为我是右派。没有多问其他，我的孤独感一下子消除了。"这是何等心情，何等温暖啊！唐圭璋和他见面时那种热烈的欢喜，发自内心捧着吴先生的手连声说"好哇！好哇！"的情景，对已经在底层的吴奔星先生来说，是一辈子难以忘怀的一个情景！

吴奔星先生在《待漏轩文存》里的那些充满深情厚谊的回忆是与吴先生的高尚人品分不开的。我在20世纪八九十年代与吴先生的交往中，也同样深深感受到他那敦厚、热情的长者风范。他给我的30多封信，在给我指点学问的同时，还常常问起他记挂在心的那些朋友，比如在杭州的黄源先生。吴先生在给我的信中，多次问起黄源先生的近况，关切之情溢于言表，让我感动。还有为他的《茅盾小说讲话》当过责任编辑的四川人民出版社的段百玲同志，因为和我熟悉，所以年事已高的吴先生在给我的信中，也多次问及，十分感念为他的著作出版服务过的编辑。这一切，仿佛还在眼前。

现在，放下《待漏轩文存》，忽然发现，吴奔星先生离开我们已经10年了，但是，他坎坷一生中留下来的与朋友始终如一的友谊和高尚人品，堪称伟大！记得我的乡里前贤钱君匋说过："每一位伟大的人物，和我们在同一空间呼吸的时刻，未必能理解他的价值；等到他一朝谢世，时间造成了历史的距离，后辈才能看出他的精光异彩。"钱先生还说："伟大，不是指地位、财产、浮名，而是指人品和贡献。"钱先生说得真好！吴奔星先生的贡献是有目共睹的，从《待漏轩文存》里留下来的和我们感受到的人品，承载着一种高尚和伟大，吴奔星先生是当之无愧的。

（2015年7月6日《藏书报》）

融会贯通的精彩

——读郭娟的《纸上民国》

毕竟作者郭娟是沉浸在现代文学史料中的人，她的《纸上民国》（花城出版社 2015 年 11 月出版）让人读起来就放不下，而且更让人感慨不已的是，一部近 25 万字讲述中国现代名人史料的书，竟然写得有声有色、文采飞扬，把枯燥的史料相互勾连，融会贯通，真正将史料的观点、史料的介绍融合在一起，不仅有观点高度也有史料深度，更有历史现场的广度。所以，本来枯燥乏味的史料作品，在郭娟笔下却写得生动有趣，写得精彩，让人一读就放不下！

也许是我对中国现代历史偏好的缘故，几十年来一直在搜集和阅读现代作家的史料，努力从史料中了解他们的为人和为文，努力从他们的作品中寻找他们生活的本来，再从了解他们的生活到体会他们的作品。自然，这是我个人的阅读理想和爱好。郭娟的《纸上民国》这部书很有深度，她不仅掌握着真实的史料，而且在史料的阅读上从一点顾及全面，信手拈来，让某个作家在某件事情上或者某个思想层面上都能够得到全方位的观照，从而避免了史料介绍容易出现的偏颇；在叙述介绍过程中，以局外人的眼光审视当事人的事件、思想过程，并以自己丰富的史料经验，上下左右，热情而又理性地介绍和描述。这样的介绍客观且令人信服，在广告文化泛滥并渗透到各种载体的今天，显得尤为可喜和珍贵。

还有，在《纸上民国》里，虽然讲述的大都是文坛往事，而且文章都不长，但其中新鲜的史料亮点不少，这恐怕也是让人一篇一篇读下去而放不下的原因之一。比如《花花草草周瘦鹃》一文，从周瘦鹃年轻时的初恋——一位名为violet（紫罗兰）的富家小姐写起，从此"紫罗兰"成为周瘦鹃先生一生的纸上痴情，再写到周瘦鹃的创作和编辑，从周瘦鹃个人延伸到"鸳鸯蝴蝶派"一路，再写到俗文学，写到与主流文学的冲突，也写到新中国的领导人专门拜访周瘦鹃的往事等。这篇不算长的文章里，有两个亮点过去少有人提及——也许我孤陋寡闻，一是在抗战国难时期，周瘦鹃以中国园艺师的身份赢得上海中西莳花会的两次大奖，为苦难的中国争得脸面，但当他志在必得捧出公认的盆景想三连冠时，却被西人评委贬为二等奖，舆论哗然，周瘦鹃也"愤而退出了中西莳花会"。周先生这种玩盆景玩出中国人骨气的往事，让人眼前一亮。第二件事是周瘦鹃年轻时因翻译出版过一本欧美弱小民族的短篇小说集，曾得到当年同样年轻的在教育部任职的鲁迅亲拟评语以教育部名义褒奖，所以这位苏州周先生对绍兴周先生终生仰慕，并将此事列为自己平生四大快事之首。这两件事的介绍，让我们增长了见识，在全面了解周瘦鹃的同时，也实实在在地感受到一种正能量。还有，新中国成立后诗人牛汉先生一直坎坷，被捕、开除党籍，直到晚年平反，但是从郭娟的一篇《大典前》，我才知道为了新中国成立的隆重仪式，年轻的牛汉曾豪情满怀地在1949年9月22日带领一帮学生去天安门城楼打扫卫生、清理杂草，整整干了一个通宵，拔草拔到手出血！这又是我在阅读这篇文章后对主人公，被称为"胡风反革命集团"成员的又一个意外了解！

不过，在新文学作家中，也有些匪夷所思的事发生，也在郭娟的书中不经意地流露出来。在《细节，删去的》一文中，引用鲁迅致许广平的信，说许羡苏告诉他的一件事，朱安不久前做了一个梦，说他带了一个孩子回家，朱安因此很气愤云云。如果当年鲁迅的话是真实的，不是忽悠许广平的话，那么朱安这个梦是有点奇怪，因为此时在上海的许广平确实已经怀孕，在北京的朱安根本不可能知道此事，怎么会做梦见到鲁迅带一个孩子回家？这个小插曲让人觉得匪夷所思。

郭娟在《纸上民国》一书里的任何往事叙述，都有出处有来源，有根有据，有本有源，绝不道听途说、添油加醋，充分体现她的史料写作的严谨性，这也是我读过以后想说的一个方面。比如《闲话凌叔华》一文，写凌叔华的个性写得山花烂漫很有特点，但看得出，凌叔华的所做所为、所言所行，都是有根据有出处的，没有夸大，从文字到叙述，都是严谨而理性的。写郭沫若的那篇《郭沫若的身后名》也如此，同样写得十分客观和实事求是，像郭沫若这样的大人物，经历的事情那么多，几乎认识20世纪所有的政治精英，学问又那么深那么大，因此，无论想拔高还是想贬低总是可以找到大量理由的。但郭娟在写《郭沫若的身后名》一文时，举笔不轻，落笔更慎，客观公允，别人非议郭沫若的《李白与杜甫》，认为是"投领袖所好""滥用阶级分析方法"，郭娟披露研究郭沫若的专家提供的史料："《李白与杜甫》是'文革'中的郭沫若自己悄悄写的，只因一个偶然原因才被外界所知——当时中苏边境冲突，外交部请郭沫若等学者提供有关历史资料，在中国政府发表的声明中,引用到郭沫若对于李白出生地的考证,以驳斥苏方的领土扩张。"所以郭娟认为,当年郭沫若著书的动机"并不是为了趋附领袖"。

总之,《纸上民国》叙述的往事虽然不全是民国时期的,但发生往事的人,都是生在过去的那个时代的。因此所谓"纸上民国"也是名副其实的。读过全书两辑60篇长短不一的文章,觉得这些文章的信息量很大,新的史料散在各个篇章中,作者能够融会贯通消化这些新旧史料,实在难得!所以,可以说《纸上民国》里这些可读可赏的文章,无疑已经成为2015年度中国现代文学史料研究与普及的新收获。

(2016年7月15日《中国文化报》)

桥联,水乡文化的一抹晚霞

——读傅林林先生书法桥联随想

十月初,天清气朗,秋天的阳光洒在水乡田野,到处是成熟的景象,阳光下,金色的稻浪和即将成熟的杭白菊,在水乡田野交相映辉。那天,我沐浴着秋阳,专门去桐乡凤凰湖畔的博物馆观赏书法家傅林林先生的书法桥联展。博物馆的展览大厅里,一对对桥联琳琅满目,仿佛走进一个桥联博物馆。这些反映水乡桥文化的桥联,从内容到书法,都透出浓浓的水乡文化情味。

让人大饱眼福的同时，又深深感到傅林林先生做了一件非常有意义的好事，他将水乡文化美丽的一抹晚霞，用行云流水一般的书法艺术留在水乡别样文化的天空，让人们随时品鉴欣赏。

在江浙杭嘉湖平原水网地区，无桥不通路，路就是桥，桥就是路，村坊与村坊、乡与乡之间，出门就是河，就是桥，世世代代的亲情友情仿佛都是桥联系起来的，没有桥，就没有亲情，没有爱情。所以，各种各样大大小小不同年代的桥，成为中国江南水乡的一道道风景。而且，水网地区本来河道纵横，一千多年前又平添一条大运河，让水乡格外热闹了许多。大运河的出现，在杭嘉湖水乡的温柔里又多了一分雄壮，大运河上的石拱桥，成为水乡最亮丽的一道风景，而且这道水乡的主流风景，一直沿袭了上千年。大运河桐乡段的"皂林双桥"，是大运河上响当当的石拱桥，两座相距不过百米的石拱桥，相传是一对姐妹所捐造。据说姐妹俩"攀比"造福水乡，你捐造一座，我也捐造一座，民间称其为"姐妹双桥"。因为有这两位姐妹的善心爱心，大大方便了县城附近老百姓的出行。因此，清代重修时，嘉兴知府许瑶光为"姐妹双桥"撰写桥联，其中有"雁齿入秋高北去好携青镇月，鸣声催夜晓东来更踏皂林霜"，另一联是"雁齿双排天际夕阳斜飞鸟，虹腰对峙夜深灯火看行船"。将皂林双桥比喻为排列有序的大雁，同时又把夜景和方位描摹得淋漓尽致。桥北是青镇（今天的乌镇），桥东是皂林驿。大运河由西而东，穿桥而过，来来往往的船客，凝视桥联，吟咏一番，常常会心一笑！

大运河上的石拱桥很多，千百年来，运河两岸人们出行，要么用"摆渡船"，要么走石桥，才能从此岸抵达彼岸。所以古人造桥非常隆重，而桥上的桥联就成为水乡隆重的桥文化中的精华。桐乡西部运河上的"松老高桥"上的其中一副桥联，字数之多，创了当地桥联之最："五百年日往月来修建相目自光绪以溯宏治，九十里风平浪静艰难克济由德清而达仁和。"历史感、方位感、距离感都在这桥联中体现，让人读起来流畅顺口。还有，旧时的文化人，身居乡野，却志存高远，一座桥，连着省会，可谓气势不凡。如此大气磅礴的桥联，桐乡还有不少,文学巨匠茅盾故里乌镇西栅"通济桥"的两侧桥联,几个字淹没在水里,很少能够见到全貌,通过傅林林先生的桥联书写,让水中的文字浮现在读者眼前。"通济桥"面南的桥联是"寒树烟中尽乌戍六朝旧地,夕阳帆外是吴兴几点远山",面北的桥联是"通霅门开数万家西环浙水,题桥人至三千里北望燕京"。这样立意、这样意境的桥联,让人心胸开阔又不失地方特色。近处街坊通霅,远处吴兴山峦,将乌镇与六朝古都南京和千里之外的京城燕京,紧紧地联系在乌镇"通济桥"上,让人百读不厌不说,还让人兴趣盎然。丰子恺故里,因为运河在这里拐个弯,故名石门湾。过去石门湾的运河上有南、东两座拱形石桥,其桥已在20世纪70年代运河拓宽疏浚时拆去,但桥联却留了下来。其中"南皋桥"的一副桥联是"接三条渚水南来曲抱溪流清似玉,望一点含山西峙遥看塔影小于针"。"渚水"是指石门湾南面的南、中、北沙渚塘三条河。"含山"是石门湾西邻吴兴县平原上一个小山。所以这副桥联虚中有实,读起来诗意盎然。有些小桥,身居乡里,目光却并不短浅，桐乡洲泉镇圣堂桥的桥联是这样写的："风雪绵绵迎北圣，泉流漾漾拜南洋。""迎北圣""拜南洋"，是何等气派！

水乡濮院镇是个小桥流水人家的恬静之地，所以小巧玲珑的石桥特别多，桥联也是百花齐放，有写方位的，有写愿景的，有赞昌盛的，林林总总，十分可观。如"升平桥"东面的桥联是"济寿敦仁乡称永乐，机声渔唱人共升平"，西面的桥联是"桐水西来联十景，梅泾南望慕双贤"。一座小桥，照顾到濮院小镇的方方面面，"永乐""梅泾"都是濮院的古称。当时濮院盛产濮绸，当地方志上说其"日出万匹"，所以"机声"隆隆象征濮院的繁华；"渔唱"却是水乡濮院的特色。濮院自古繁华，可见一斑。

桥联作为水乡文化的一种，是最能够体现水乡文化水平的一种式样，所以这些丰富多彩的桥联，都工整对仗，讲究恰如其分，雅俗共赏。崇福镇齐家睦桥是一座非常普通的小桥，其中一副桥联是"北去运河达通津，南来上墅是名乡"，"北去"对"南来"，十分贴切。

有的桥联对地名，也十分有趣，乌镇"浮澜桥"有一联"地接青龙云集成万家井邑，波迎白马星驰来百业舟航"，将"青龙"古镇和"白马"河对仗，嵌进桥联，巧妙地把"浮澜桥"所处的位置表达出来。这样的精彩有趣的文化，在傅林林先生书法书写的桥联里，比比皆是。值得一说的是，水乡桥联的作者，大多数没有署名，但是从有限的桥联作者看，这些写桥联的人都是有功名的。"皂林双桥"的桥联是由当时嘉兴知府许瑶光所撰。运河边"秀溪桥"南北的桥联"水驿已交通五夜不须愁失足，风帆休饱挂千樯到此总低头""吴越据通津阅尽乘风名利客，霍宗遗故垒占来临水钓游人"据说是清朝翰林院编修严辰所撰。严辰当时得罪慈禧太后，被"革职永不叙用"，他回到家乡以后，做了不少善事，为乡里百姓所称道。艺术大师丰子恺的父亲丰鐄也曾经为石门湾牛桥写桥联"卅里水索回西去遥通新市镇，一帆风荡漾东来安抵石门湾""社号南张香火千年资砥柱，埭名西锦町畦万顷挹溪流"，对仗工整，充满着书卷气。

水乡的桥梁是历史遗存，既有文物价值又有实用价值，而桥联既有历史价值又有文化价值，也是一种乡愁文化。随着时代的发展，自然经济的远去，那些风光千百年的石桥也逐步退出历史的舞台。据统计，像桐乡典型的水乡平原上现在仅剩古石桥211座，与过去水乡辉煌时期相比，估计连个零头都不到。因此，书法家傅林林先生书写的桥联，格外有意义。他以浓浓的家乡情怀，用数年时间，用自己擅长的行书，书写记录了几乎失传的80余副桥联，并悉数捐献给桐乡博物馆。傅林林先生是中国书法家协会会员，曾经担任过桐乡市书法家协会主席，习字几十年，无时无刻不沉浸在书法经典里，规规矩矩，孜孜矻矻，潜心磨炼，书艺早已炉火纯青。所以这次桥联书法集中展示，给人的艺术享受是双重的，内容的风雨沧桑和书法的流畅中洋溢着浓浓的书卷气，让人们回望当年水乡文化精华的同时，欣赏到傅林林先生淋漓酣畅的书法艺术，形式和内容珠联璧合，为水乡文化留下了一抹让人心动的晚霞。

朱自清曾经说过："燕子去了，有再来的时候；杨柳枯了，有再青的时候；桃花谢了，有再开的时候。"自然的晚霞消失了，还有再现的时候。可是，桥联，这种水乡文化的晚霞，消失了永远不会再有了！所以，看到傅林林先生用书法书写的桥联，感到格外珍贵，毕竟时代是要发展的，有傅林林先生这样的书法家为水乡这一抹晚霞留痕，同样感到欣慰。

（2018 年 12 月 7 日《嘉兴日报》）

后　记

　　李辉兄等发起选编出版"副刊文丛",于文学,于出版,意义十分重大。百年副刊,林林总总,规模宏大,大象出版社精心编辑,每年计划出版20种,潜心坚持,相信多年以后,必将成为出版界的一件盛事,成为中文副刊史上前无古人的壮举!李辉兄嘱我选编一本过去在报刊副刊上发表过的作品文集,让我参与其盛事,深感荣幸!因此,我将20世纪80年代以来,在报纸副刊上发表的长长短短的文章,重新看一遍,就有关老家嘉兴、桐乡的人和事以及读书随笔的文章选编成这个书稿。这些文章作品,写作和发表,前前后后几十年,最早的是1981年,那时我才20多岁,而今,我已年过花甲。不过,即使今天,我仍然在学习写作,并不是说年龄越大文章越好,而是说,这些长长短短的文章,质量参差不齐,内容五花八门,但是主题与嘉兴有关的为多数。

这些文章,都是当时在报纸上发表过的,这次收入"副刊文丛"时,我没有去修改,保持了发表时的原来面貌,因为我理解李辉兄的创意,是想为中国的中文副刊留下一个历史的真实的印痕,所以除了个别错字外一律保持原样。

这次选编过程中,让我又重温了过去的友情。想想自己能够坚持几十年的业余写作,全是那些编辑朋友无私扶持的结果,80年代《嘉兴报》(1989年1月起改《嘉兴日报》)的魏荣彪兄在编辑副刊时,我有稿子,常常给他,在他编辑的副刊上发表,甚至有关茅盾、丰子恺青少年时代的书稿,经过他编辑,在《嘉兴日报》

上连载。后来,他已经是嘉兴日报社的领导,不再编辑稿子,但是几十年过去了,我们依然保持着联系、保持着友谊。这种作者与编辑的友谊,让我感到写作的温暖。《浙江交通报》的副刊编辑王胜贤先生是一位老编辑,当时,我还在桐乡县里工作,但他对我的稿子格外关照,无论长短,他都认真编辑刊发。后来我到杭州工作后,我们之间也成为无话不说的忘年交。《人民日报》(海外版)的解波老师、刘敏君老师,虽然她们在工作岗位上时见面很少,但是给她们稿子时,她们总是及时编辑刊发,正是由于她们的鼓励,让我在业余写作的路上,常常能够充满信心、坚持不懈。收入集子里的文章,有的是在《团结报》副刊上发表的,当时的编辑刘文卉老师,我与她交往几十年,没有见过几次面,但是她却为我刊发了不少文章作品。现在,解波老师、刘敏君老师、刘文卉老师早已退休,但是,向她们投稿,得到她们的鼓励,现在让我想起来,依然感到幸运和温暖。和李辉兄的友谊,几十年来一如既往,不见面时时常记挂,见面时无话不说,如今我们都已经退休,可以做些自己乐意而且喜欢的事，这个集子就是李辉兄的建议而选编的。

因为几十年来，我的业余时间都在研究现代文学史上的嘉兴人、桐乡人，所以收入的文章中，一部分是茅盾、丰子恺、钱君匋、徐肖冰、侯波、陆费逵、陈学昭、张元济等现代史上嘉兴人的往事，这些前辈都是我国乃至世界文化艺术界的响当当的人物，我都有著作介绍他们，所以这里有关他们的这些文章，是我研究他们时的一些衍生作品，是随感随想性质的短文。另外一部分，是我在几十年的业余时间读书随笔性质的文章，没有规划，见到什么书，看过以后随手写来，虽然不登大雅之堂，但却是一个读者真实感受的流露。我的体会是，业余读书有一个好处，就是想读什么就读什么，读多读少，全凭时间和兴趣，而且读后，可写可不写，可以写长一点，也可以写短一点，几百字可以，几千字也行，完全是凭自己的兴趣和时间。现在收入在这里的文字，是几十年之间写的一小部分。

看着这些曾经高兴过的文字，几十年一晃而过，现在看看,有点汗颜,好在李辉兄说这是在积累副刊历史,只要真实存在过的,都应该有一席之地。所以,愿意在浩如烟海的副刊文学里,作为一滴水珠,贡献给"副刊文丛"这项浩大工程。

精品栏目荟萃

《副刊面面观》
《心香一瓣》
《纽约客闲话精选集 一》
《多味斋》
《文艺地图之一城风月向来人》
《书评面面观》
《上海的时光容器》
《谈艺录》
《问学录》
《名人之后》
《纽约客闲话精选集 二》
《编辑丛谈》
《本命年笔谈》
《国宝华光》
《半日闲谭》

《这么近，那么远》
《群星闪耀》
《深圳，唤起城市的记忆》
《风云记忆》

个人作品精选

《踏歌行》
《家园与乡愁》
《我画文人肖像》
《茶事一年间》
《好在共一城风雨》
《从第一槌开始》
《碰上的缘分》
《抓在手里的阳光》
《阿Q正传》
《风吹书香》
《书犹如此》
《泥手赠来》
《住在凉山上》
《老解观象》
《犄角旮旯天津卫》
《歌剧幕后的故事》

《色香味居梦影录》
《走读生》
《回家》
《武艺十八般》
《一味斋书话》
《收藏是一种记忆》
《沙坪的酒》
《花树下的旧时光》
《嘉兴人与事》
《"闲话"之闲话》
《红高粱西行》
《丽宏读诗》
《流水寄情》
《我从〈大地〉走来》
《云中谁寄锦书来》
《守望知识之狮》

《慢下来,发现风景》
《有时悲伤,有时宁静》
《装帧如花》